젊은 베르테르의 슬픔

이음문고

목차

1부

*

1771년 5월 4일

드디어 떠나오니 더 이상 기쁠 수가 없네! 사람 마음이 참 간사하지 않은가. 그토록 떠나기 싫던, 사랑해 마지않는 자네 곁을 떠났는데 이토록 홀가분하다니. 자네도 이해하리라 믿네. 사실 자네가 아니라 다른 사람들과의 관계가 나를 힘들게 했거든. 불쌍한 레오노레! 하지만 그건 내 잘못은 아니네. 내가 그녀의 매력적인 여동생과 만나는 사이 나도 모르게 레오노레의 마음에 불을 지핀 걸 어쩌겠는가.

하지만 내게 잘못이 전혀 없다고는 볼 수 없겠지. 행여 내가 그녀에게 여지를 주지는 않았을까? 그녀의 진실하고 꾸밈없는 행동이 전혀 우스꽝스럽지 않은데도 내심 우스워하며 웃지는 않았을까? 내가 과연…. 오, 인간이란 정말 이상한 존재일세. 자기 자신을 비난할 수 있다니!

자네에게 하나 약속하지. 나는 좀 더 나은 인간이 될 것이고, 여태까지 그랬듯이 운명의 작은 장난을 곱씹지도 않을 걸세. 오히려 그 반대로 행동하겠네. 과거는 과거대로 두겠네. 자네가 옳았어. 존경하는 친구여, 신이 왜 우리 인간을 이렇게 만들었는지 모르겠지만, 과거의 불행을 부지런히 되새김질하기보다 현재를 무심하게 견뎌낸다면 고통도 줄어들 텐데 말이야.

참, 우리 어머니한테 곧 일을 잘 처리해서 결과를 알려드리겠다고 전해주지 않겠나? 친척 아주머니를 만나봤는데 생각만큼 나쁜 분은 아니었어. 아주 경쾌하고 활발하고 따뜻한 분이었네. 아주머니가 유산을 독차지해서 어머니가 불만이 많다고 말씀드렸더니 아주머니도 나름의 사정이 있다는 거야. 우리가 조건에 맞춰 요구하면 바로 내주겠다고 하더군. 어쨌든 더 자세한 이야기는 쓰고 싶지 않으니, 그냥 어머니한테 일이 잘 풀릴 거라고만 말해주게.

친구여, 이번의 작은 일로 새삼 깨달았네. 세상의 싸움이란 건 교활함이나 악의가 아니라 오해와 게으름 때문에 생긴다는 사실을 말이야. 오히려 교활함이나 악의 때문에 생기는 분쟁이 훨씬 적다네.

그건 그렇고 이곳이 참 마음에 드네. 낙원 같은 곳에서 고독에 잠기니 위안이 되고, 청춘의 계절은 상처 입기 쉬운 내 가슴을 따뜻하게 감싸준다네. 나무마다 울타리마다 꽃이 피니 그저 한 마리 풍뎅이가 되어 꽃향기의 바다를 헤엄치며 먹이를 찾아나서고 싶을 따름이야.

형언할 수 없는 자연의 아름다움에 비해 도시는 별로 매력적이지 않다네. 죽은 M백작이 자연의 황홀함에 이끌려 언덕에 정원을 꾸몄다고 하는데, 다양한 식물이 골짜기 사이사이를 가지각색으로 채우는 곳이지. 언뜻 평범해 보이지만 누구나 한 발짝 들여놓는다면 전문적인 정원사가 아니라 그저 아름다운 정원을 마음 깊이 담고 싶은 사람이 꾸민 곳이라는 걸 단번에 알아챌 수 있다네.

정원의 황폐한 정자는 죽은 백작이 아끼던 곳이라는데, 그곳에서 몇 차례나 죽은 백작을 위한 눈물을 흘렸지. 그만큼 정자가 마음에 들어. 나는 곧 이 정원의 주인이 될 거야. 아직 며칠밖에 지나지 않았지만 정원사도 나를 마음에 들어 한다네. 내가 이 정원의 주인이 된다고 해도 그는 반대하지 않을 거야.

5월 10일

요즘은 봄날 아침처럼 상쾌한 기분이 내 영혼을 사로잡는다네. 지금 혼자 지내는 이곳이 퍽 마음에 들어. 나 같은 영혼을 위해 존재하는 공간처럼 느껴져서 말이야. 내 벗이여, 이토록 편안해질 수 있어 정말 행복하네. 오히려 내 예술이 불쌍할 지경이야. 난 지금 아무것도, 선 하나조차도 그리지 못하거든. 하지만 그 어느 때와도 비교하지 못할 만큼 위대한 화가라네. 나를 둘러싼 멋들어진 골짜기에서 안개가 피어오르고 드높은 태양이 울창한 숲의 기세에 눌려 몇 줄기 빛만 겨우 들여보내면, 힘차게 흐르는 시냇물 옆 푹신한 풀밭에 누워 갖가지 신기한 풀을 자세히 들여다보곤 한다네.

자유롭게 춤추는 풀줄기나 수많은 벌레, 곤충의 다양한 모습을 가슴 깊이 느낄 때면 우리를 당신과 비슷한 모습으로 만드신 전지전능한 분의 존재를 새삼 깨닫지. 자애로운 분이 우리에게 내려준 영원한 기쁨과 환희 속에서 말일세. 그러다가 두 눈에 점점 그늘이 드리우고 나를 둘러싼 세상과 하늘이 마치 연인처럼 내 영혼 속에서 안정을 취하면 그리움에 사로잡혀 상념에 빠진다네. 아, 이 상태를 표현할 수 있다면! 이 상태를 종이에 그려낼 수 있다면! 내 영혼이 거울처럼 영원한 신을 비추듯 내 영혼을 비추는 이 뜨겁고 벅찬 감정을 말일세. 친구여! 하지만 그 장엄함에 눌려 곧 완전히 의욕을 잃어버리고 만다네.

5월 12일

이 낙원이 무언가에 홀린 환각인지, 아니면 마음 깊은 곳에서 우러나온 환상인지 알 길이 없네. 가까이 샘이 있는데, 물의 요정 멜루지네와 자매들이 물에 이끌리듯 나도 모르게 그곳으로 향하곤 한다네. 야트막한 언덕을 내려가면 동굴이 나오는데 그 안으로 계단을 스무 개 정도 내려가면 천연 대리석 사이에서 새어나오는 맑고 깨끗한 물을 볼 수 있다네. 샘을 둘러싼 낮은 울타리, 그 주변을 감싼 아름드리나무들, 청량한 공기. 이 모두가 사람을 유혹하고 전율을 느끼게 하는 거겠지.

매일 한 시간 넘게 그 샘에서 보낸다네. 시내에서 온 아가씨들이 물을 긷곤 하는데 옛날 공주들도 했을 그 몸짓이 세상에서 가장 순수하고 꼭 필요한 일처럼 느껴진다네. 생각해보면 가부장제 시대의 여성들은 샘가나 우물가에서 서로의 안부를 묻고 이야기를 나누며 교류하지 않았겠나. 이런 기분을 공감하지 못한다면 무더운 여름날 숲 속을 헤매다 샘물 한 모금으로 영혼의 목을 축여본 적이 없는 사람이겠지.

5월 13일

내 책을 보내주겠다고 했지? 이보게, 제발 부탁인데 그러지 말게! 더 이상 어떤 자극도 필요하지 않아. 내 가슴은 이미 충분히 파도치고 있거든. 지금 내게 필요한 건 자장가야. 자장가는 호메로스의 시를 읽으면 얼마든지 들을 수 있다네. 끓어오르는 피를 그렇게 몇 번이나 잠재웠는지 몰라. 내 마음만큼 변덕스럽고 불안한 것을 본 일이 있는가? 하긴, 더 말해 무엇 하겠나. 자네는 이미 슬픔에 빠졌다가도 날뛰듯 기뻐하고 달콤한 우울감에 빠졌다가도 아슬아슬한 정열을 불태우는 내 모습을 자주 보지 않았는가.

나는 내 마음을 마치 아픈 아이 다루듯 한다네. 어떤 일이든 아이가 원하는 대로 다 이루어지니까 말이야. 다른 사람들한테는 말하지 말게. 나를 안 좋게 생각할 사람들이 있을 테니까.

5월 15일

이곳 사람 몇몇과 가까워졌고 그들도 날 반겨준다네. 특히 아이들이 말이야. 사실 처음부터 그렇지는 않았어. 초반에 친근한 척 굴면서 이것저것 물었더니 내가 비웃는 줄 알고 곱지 않은 눈으로 보는 사람들이 있었거든.

하지만 하나도 불쾌하지 않았네. 다만 여태까지 경험한 진리를 다시 한번 확인했을 뿐이지. 사회적 지위가 있는 사람은 뭐라도 잃을까 봐 일반 시민들과 거리를 둔다는 사실 말이야. 일부러 자신을 낮추는 척하며 거만함을 감추려 드는 이들도 있지. 인간이 평등하지 않다는 것과 앞으로도 그럴 수 없다는 건 기정사실이야. 하지만 존경을 받기 위해 하층민과 멀어지려는 사람은 전장에서 지는 것이 두려워 도망치는 겁쟁이만큼 비난받아 마땅하다고 생각하네.

얼마 전 샘에서 계단 아래에 물통을 내려놓고 주변을 두리번거리는 하녀를 보았네. 물통을 머리에 이도록 도와줄 사람을 찾는 것 같아 말을 걸었지. "도와줄까요, 아가씨?" 하고 물었더니 얼굴을 붉히며 "아닙니다, 선생님!"이라고 하더군. 난 사양할 것 없다며 그녀를 도와주었지. 그녀는 고맙다고 인사한 뒤 계단을 올라갔어.

5월 17일

아는 사람은 많아졌는데 진짜 친해지고 싶은 사람은 아직 못 찾았네. 내가 딱히 환심을 사려 하지도 않았는데 많은 이가 호감을 보여준다네. 그럴 때마다 어쩐지 안타까운 것은 이 사람들과 곧 헤어져야 하기 때문이겠지. 이곳 사람들이 어떤지 묻는다면 여느 지역 사람들과 똑같다고 말할 수밖에 없겠네. 인간은 다 천편일률적이니까 말이야. 인간은 대부분의 시간을 먹고사는 데 쓰지. 아주 조금이라도 자유 시간이 주어지면 오히려 불안해하며 그 시간을 없애려고 하거든. 참 웃기지 않은가?

그건 그렇고, 여기 주민은 굉장히 좋은 사람들이야. 내가 가끔 자제력을 잃고 함께 어울리며 신나게 즐기기도 할 정도니까 말일세. 온갖 음식을 차려낸 식탁에 둘러앉아 마음을 터놓기도 하고, 마차에 앉아 달리기도 하고, 댄스파티에 가기도 하지. 이런 일들이 나에겐 긍정적인 영향을 미친다네. 하지만 아직도 갖가지 기운이 내 안에 숨어서 썩어문드러지는데 남들 모르게 감춰야 하니 슬프기 그지없네. 남들의 오해를 사는 것이 우리 같은 사람들의 운명이니 어쩌겠나.

아, 내 소꿉친구인 그녀가 저세상에 있다니! 나는 이렇게 말하고 싶네. '너는 바보야! 현세에서 얻지 못할 것을 찾고 있으니!' 그녀는 친구였고 나는 그 위대한 영혼을 가슴 깊이 느꼈지. 그 영혼을 마주하는 순간 현실의 나보다 더욱 큰 존재가 되었다네. 내가 될 수 있는 무엇이든 되었거든. 멋지지 않은가! 내 영혼의 힘이 아직 남아 있을까? 그녀 앞에서 신비로운 기분을 느끼고 그 마음으로 자연을 감싸안지 못한 것은 아닐까?

우리의 관계는 섬세한 감수성과 날카로운 익살부터 무례한 장난까지 포괄하는 우정 아니었던가? 그 모든 걸 천재의 표시인 양 받아들이지 않았던가? 그런데 지금 그녀는, 물론 나보다 나이가 많기는 했지만, 무덤으로 떠나버리고 말았네. 그녀의 확고한 성격과 거룩한 관용을 절대로 잊지 못할 걸세.

며칠 전 V라는 청년을 만났네. 매우 솔직하고 잘생긴 청년이었네. 이제 막 대학을 졸업했는데 스스로 특별히 영리하다고 생각하지는 않지만 남들보다 아

는 것이 많다고 자부하더군. 다양한 시각에서 보건
대 그는 성실하고 지식도 꽤 풍부한 것 같았네. 어디
선가 내가 그림을 꽤 그리며 그리스어를 할 줄 안다
고 들은 모양이야. 여기에선 눈이 휘둥그레질 일이거
든. 그 청년이 바퇴(프랑스의 미학자이자 철학자)에
서 우드(영국의 호메로스 연구자)까지, 드 필레(프랑
스의 미술가)에서 빙켈만(독일의 미술 고고학자)까
지 언급하며 지식을 줄줄이 늘어놓더니 줄처(독일의
미학자)의 이론 1권을 통독하고 하이네(독일의 고고
학자)의 고대 연구에 관한 원고를 가지고 있다고 자
랑해대는 거야. 나는 그러라고 내버려두었지.

대단한 사람을 한 명 더 만났는데, 기품 있고 솔직
한 법무관이라네. 듣건대 아홉이나 되는 자식에 둘러
싸인 모습은 보는 이의 마음까지 훈훈해지는 광경이
라지. 특히 맏딸에 대한 칭찬이 자자하다네. 그가 초
대했으니 조만간 찾아갈 생각이야. 여기서 한 시간가
량 걸리는 고급 사냥 별장에 사는데, 아내가 죽고 난
뒤 허가를 얻어 이사했다고 하더군. 도시의 관사에
계속 사는 게 견딜 수 없이 슬퍼서 그랬다고 들었네.

그 외에 이상한 사람도 몇 명 만났는데, 정말 멀리 하고 싶은 자들일세. 특히 친한 체하는 태도가 아주 질색이야.

건강히 잘 지내게! 내 편지는 아주 사실적이니까 자네도 읽으면서 재미있으리라 믿네.

5월 22일

사람의 인생이 한낱 꿈이라는 걸 다들 아는 만큼 나도 같은 생각이라네. 인간의 활동력과 탐구력이 한 계에 갇혀버린 모습을 볼 때면 더욱 그렇다네. 인간 이 알량한 욕망을 해소하기 위해, 그저 불쌍한 삶을 조금 연장하는 것 외에는 아무런 목적도 없는 행동을 되풀이하는 모습을 볼 때도 그런 생각이 들곤 하지. 호기심을 어느 정도 충족하면 안정되는 사람은 감옥 에 갇혀서 벽에 화려한 그림을 그려놓고 만족하는 이 와 같지 않겠나.

빌헬름, 난 정말 할 말이 없네. 나는 내면으로 돌아 가 다른 세계를 발견하지. 그 속에서는 현실이나 생 동감 넘치는 힘보다 복잡한 상념이나 어두운 욕망이 날뛴다네. 나는 그 모든 것이 눈앞에서 유영하는 모습을 바라보고 웃으며 꿈을 꿀 뿐이지.

아이들은 자신이 무얼 하고 싶은지 모르는 경우가 많지. 박식한 학교 선생이나 가정교사들도 동의한다네. 그런데 어른 중에도 아이처럼 자신이 어디에서 왔고, 또 어디로 가는지, 그 목적은 무엇인지 전혀 모르는 사람이 많아. 그저 당근과 채찍에 지배당할 뿐이지. 아무도 인정하려 하지 않지만 내가 보기엔 명백한 사실이라네.

자네 대답이 어떨지는 듣지 않아도 알 것 같군. 어린아이처럼 태평하게 인형 옷을 벗겼다 입혔다 하며 하루를 보내고 어머니가 비스킷을 숨겨둔 서랍에 살금살금 다가가 몰래 훔쳐 먹고는 "더 줘!"라며 떼를 쓸 수 있는, 그런 아이 같은 사람이 가장 행복하다는 말을 하고 싶겠지? 혹은 자신의 방탕함과 욕망을 현란하게 포장하여 인류를 위한 거대 사업이랍시고 주장하는 사람도 행복하겠지. 그래, 그럴 거야!

그런데 이 모든 것이 어디로 흐르는지 아는 겸손한 사람도 있네. 다른 이들이 얼마나 얌전히 작은 정원을 가꾸며 사는지, 불행한 사람이 얼마큼 꾸준히 노력하며 앞으로 나아가려 하는지, 어떻게 하면 1분이라도 햇볕을 더 쬘까 고민하는지, 전부 지켜보고 있다네. 그래, 그런 사람은 조용히 내면에서 우러난 자신만의 세계를 꾸리고 또 행복하다네. 그들도 인간이기 때문이지. 그런 사람은 궁지에 몰리더라도 가슴속에서는 늘 자유의 달콤함을 맛볼 거야. 그리고 언제든 이 감옥에서 떠날 준비가 되어 있지.

5월 26일

내가 마음 가는 곳에 정착하고 싶어 하는 걸 자네는 예전부터 잘 알겠지. 작은 집에서 살고 싶어 하는 내 성향 말이야. 여기서 바로 그런 장소를 발견했네.

이 도시에서 한 시간쯤 떨어진 발하임이라는 곳이네. 작은 언덕에 자리 잡은 마을이야. 좁은 길을 따라 올라가다 보면 잠깐이나마 골짜기 전체를 굽어볼 수 있다네. 이곳 여관의 여주인은 나이에 비해 쾌활하고 생기 넘치는 사람이야. 여관에서는 와인, 맥주, 커피 등을 판다네. 하지만 교회 앞 작은 광장을 뒤덮은 보리수 두 그루가 가장 마음에 들어. 광장을 둘러싸고 농가와 헛간, 농장이 펼쳐져 있다네. 이토록 마음이 편안해지고 친숙하게 느껴지는 곳은 처음이야. 여관에서 작은 책상과 의자를 가지고 나와 광장에서 커피를 마시며 호메로스를 읽을 정도지.

어느 맑은 오후에 우연히 이 보리수 아래에 처음 왔을 때는 매우 고요했어. 어른들은 모두 일하러 나갔지. 네 살 정도 되어 보이는 남자아이가 6개월쯤 된 아기를 무릎에 올려 제 가슴에 기대게 하고는 의자가 된 듯 바닥에 앉아 있었네. 아이는 검은 눈으로 쉴 새 없이 사방을 둘러보면서도 조용히 앉아 있더라고. 보기 좋은 광경이었네.

난 아이들 맞은편에 있는 쟁기에 앉아 그 귀여운 모습을 스케치했지. 그 옆의 울타리와 헛간 문, 부서진 수레바퀴 따위도 빼놓지 않았다네. 한 시간쯤 그렸을까, 내 상상력은 하나도 들어가지 않은 사실적이고 재미있는 그림이 탄생했다네. 앞으론 자연만 그리겠다고 결심했지. 오직 자연만이 한없이 풍요로우며 오직 자연만이 진정한 예술가를 낳는 법이니까.

우리 사회를 이루는 규범의 장점에 대해 다시 언급하지 않을 수가 없군. 규범을 잘 따르고 미풍양속을 해치지 않는 사람이 갑자기 무례한 이웃이나 악당으로 변모하는 일은 없다네. 그런데 역설적이게도 모든 규범은 우리가 자연을 있는 그대로 느끼고 진실한 감정을 표출하는 데 방해가 되곤 하지. 자네는 이렇게 말하겠지.

"말도 안 돼! 규칙은 그저 인간이 어두운 길로 빠지지 않도록 제한할 뿐이야."

그럼 비유를 하나 들어보겠네. 이건 사랑과 같다네. 이상형의 여성에게 반한 청년이 매일 그녀 옆에 찰싹 붙어서는 자신이 헌신하고 있다는 사실을 어떻게든 알리고 싶은 마음에 온 재산과 정력을 쏟아붓는다고 해보지. 그때 속물, 이를테면 공직자가 와서 말하네.

"이봐요, 젊은이! 사랑이란 사람답게 사랑할 때만 사랑이 아니겠습니까? 일부터 하고 나머지 시간만 애인에게 투자해보세요. 재산을 따져봐서 꼭 필요한 돈은 따로 빼두고 선물도 너무 자주 하는 대신 중요한 날만 하세요."

충고를 따른다면 그는 건실한 청년이 될 거고, 나역시 다른 군주를 만날 때마다 그 청년이 관직에 어울린다며 추천하겠지. 다만 그의 사랑이 끝나겠지. 그가 예술가라면 그의 예술이 끝나버리는 거란 말이야.

오, 친구여! 천재의 폭풍이 휘몰아쳐 거대한 파도를 일으키고 자네들을 놀래서 영혼을 뒤흔드는 일이 어찌 이다지도 드물단 말인가? 그 이유는 양쪽에 서서 파도를 지켜보는 점잖은 신사들 때문이지. 그들은 자기네 작은 정원이나 튤립 화단, 허브밭이 엉망이 될까 봐 미리미리 제방을 쌓기도 하고 물길을 터놓기도 하니까 말이야.

5월 27일

비유와 미사여구의 황홀경에 빠져 있느라 그다음에 아이들이 어떻게 되었는지 자네에게 설명해준다는 걸 깜박했군. 어제 쓴 편지에서 설명했다시피 나는 그림의 여운에 푹 빠져 그 쟁기에 두 시간이나 앉아 있었다네. 저녁 무렵이 되자 젊은 여자가 아이들에게 다가왔는데, 아이들은 그때까지도 자리에서 움직이지 않았어. 여자는 작은 바구니를 들고 멀리서부터 소리쳤네.

"필립, 착하게 잘 있었구나!"

그녀는 나에게 인사했고 나도 답례한 뒤 일어섰지. 그녀에게 다가가 아이들의 어머니냐고 물었더니 그렇다고 하더군. 그녀는 큰 아이에게 긴 빵의 반쪽을 내밀고 작은 아이를 안아 올리더니 어머니의 사랑이 가득 담긴 키스를 했어.

"필립한테 막내 아이를 맡기고 첫째랑 시내에 갔어요. 빵이며 설탕, 죽을 쑬 작은 냄비를 사려고요." 그녀의 이야기를 듣고 보니 바구니 뚜껑이 떨어져서 안에 담긴 물건들이 다 보이더라고. "한스(막내 아이의 이름이었네)에게 저녁으로 수프를 끓여주려고요. 장난꾸러기 큰아이가 어제 필립이랑 서로 죽을 먹겠다고 다투다가 냄비를 깨뜨려버렸지 뭐예요."

큰아이는 어디에 있느냐고 묻자 풀밭에서 거위 몇 마리를 뒤쫓고 있을 거라고 대답하기 무섭게 첫째 아이가 뛰어와서 필립에게 개암나무 회초리를 가져다주었네. 나는 그녀와 좀 더 이야기를 나누었지. 그녀는 이곳 학교 교사의 딸이며 남편은 지금 사촌의 유산을 상속받으려고 스위스로 떠났다고 하더군.

"그 사람들이 남편을 속이려고 했어요. 편지를 보내도 답장이 없고 말이죠. 그래서 남편이 직접 찾아간 건데, 안 좋은 일만 생기지 않았으면 좋겠어요. 남편한테서도 아직 기별이 없네요."

그녀와 이대로 헤어지자니 왠지 마음이 무거워서 큰아이와 둘째 아이에게 1크로이처씩 준 뒤 그녀에게 시내에 나가거든 수프에 곁들일 빵을 사주라고 하면서 막내 아이 몫으로 1크로이처를 준 뒤 헤어졌다네.

친구여, 나는 이렇게 내 마음도 주체하지 못하는데, 그 여인처럼 하루하루 좁은 테두리 안에서, 그렇지만 행복하고 묵묵하게 모든 혼란을 견뎌내는 사람들도 있다는 말이네. 떨어지는 나뭇잎을 보며 겨울이 다가온다는 것 외에는 생각하지 않는 사람들 말이야.

그날부터 나는 자주 밖에 나가곤 한다네. 아이들도 나와 친해졌어. 커피를 마실 때면 아이들에게 설탕을 나눠주거나 저녁에는 버터빵과 사워밀크를 나눠먹기도 하지. 일요일이면 아이들에게 꼬박꼬박 1크로이처씩 주는데 내가 예배 시간이 지나도록 가지 못하는 날이면 근처 가게 여주인에게 대신 돈을 주라고 부탁해두었네.

아이들은 나를 잘 따라서 별의별 이야기를 다 들려주곤 해. 마을의 다른 아이들이 많이 모여들 때면 자신들이 더 돋보이려고 과시하듯 행동하는데 그게 날 웃음 짓게 만든다네. 행여나 아이들 때문에 내가 귀찮아하지 않을까 걱정하는 아이들 어머니를 괜찮다고 설득하느라 애를 좀 먹었지.

5월 30일

얼마 전 자네에게 그림에 대해 말한 적이 있었지? 그건 시에도 해당하는 말이라네. 시문학이란 아름답고 멋진 것을 대담하게 표현하면서 짧은 말로 많은 것을 형용하니까 말이야. 오늘 말 그대로 세상에서 가장 아름다운 전원 풍경을 마주했지 뭔가. 하지만 시니 풍경이니 낙원이니 하는 게 다 무슨 소용인가. 우리는 그저 자연 현상을 있는 그대로 받아들이면 되는 것 아니겠나.

내가 이렇게 말했다고 해서 정말 대단한 풍경을 기대한다면 실망하고 말 걸세. 이토록 내 마음을 빼앗은 풍경은 그저 농장의 하인이었으니 말이야. 나는 늘 하던 대로 대강 설명할 테고 자네 역시 늘 그렇듯이 내가 허풍을 떤다고 생각하겠지. 여전히 발하임에서 겪은 일이며, 이런 특이한 광경이 연출될 만한 곳도 발하임뿐이야.

그 보리수 아래에서 커피를 마시는 모임이 있었네. 사람들이 나를 너무 허물없이 대하는 게 껄끄러워서 다른 핑계를 대고 혼자 조금 떨어진 곳에 있었어.

근처에 있는 집에서 농부가 나오더니 이전에 내가 걸터앉아 그림을 그렸던 쟁기를 정리하기 시작하더군. 그가 왠지 마음에 들어서 근황을 물으며 말을 붙여보았네. 우리는 곧 의기투합했고 이런 부류의 사람들과는 으레 그렇듯이 금방 마음을 터놓았지.

그는 미망인의 하인으로 일하는데 아주 좋은 대우를 받는다고 하더군. 그가 여주인 이야기를 하면서 칭찬을 늘어놓는 모습을 보아하니 몸과 마음을 다 바쳐 여주인을 연모하는 것처럼 보이더란 말일세. 그런데 여주인은 이제 젊지도 않고 전남편 때문에 너무 고생해서 재혼할 마음이 없다는 거야. 그의 이야기를 들을수록 여주인이 그에게는 얼마나 아름답고 빛나는 존재인지 알 수 있었고, 그녀가 실패한 결혼의 아픔을 추스르기 위해서라도 자신을 선택했으면 하는 하인의 마음이 얼마나 큰지도 명확히 느껴졌다네.

자네에게 그의 순수한 애정, 사랑 그리고 충절을 설명하려면 나는 그의 말을 몇 번이고 곱씹어야 해. 그의 표정, 부드러운 목소리, 두 눈에서 조용히 불타는 열정을 묘사하려면 정말 재능 있는 시인이 되어야 할 테지. 아니, 그의 온몸에서 뿜어져나오는 다정함을 표현할 방법은 존재하지 않을 걸세. 나는 그저 어설프게 그를 묘사하는 흉내나 낼 뿐일 거야.

내가 더욱 감동한 이유는 그가 걱정하는 마음을 내비쳤기 때문일세. 내가 여주인을 사모하는 그의 마음이 건방지다고 생각하거나 여주인이 정숙하지 못하다고 의심할까 봐 전전긍긍하더군. 여주인이 용모도 몸매도 이미 젊음의 매력은 다 잃었지만 자신을 강하게 끌어당긴다고 말하는 그의 모습이 어찌나 매력적인지 다만 마음속으로 되새겨볼 뿐이라네.

여태껏 내 인생에서 이토록 절박한 열망과 뜨거운 연심이 이렇듯 순수하게 표출되는 건 처음 보았네. 꿈에서도 상상하지 못한 순수함이었지. 이런 순수함과 진실함이 내 영혼의 심연을 비추고, 충실한 연정이 어디까지고 나를 따라오며, 그로 인해 나 자신이 불타오르는 듯 숨이 막히고 애달프네. 이런 이야기를 한다고 나를 욕하진 말게.

될 수 있는 대로 빨리 그 여주인을 만나보고 싶네. 아니, 다시 잘 생각해보니 그녀를 만나지 않는 게 좋을 것 같아. 그녀를 연모하는 남자의 눈을 통해 보는 편이 낫겠네. 그녀를 실제로 만나면 내가 상상한 모습과 전혀 다를지도 모르니까 말이야. 아름다운 모습을 구태여 망칠 필요는 없겠지.

6월 16일

왜 그동안 연락이 없었느냐고? 그런 걸 묻다니, 그러고도 자네가 학자인가? 내가 건강히 잘 지낸다는 것 정도는 추측을 했어야지. 사실 내 마음은 온통 새로 맺은 인연에 쏠려 있었다네. 나는… 말을 어떻게 꺼내야 할지 모르겠군.

더없이 사랑스러운 사람을 만난 과정을 순서대로 차근차근 설명하려니 정말 어렵군 그래. 난 만족스럽고 행복한 남자일 뿐 역사학자가 아니거든.

천사라네! 이런, 다들 연인을 그렇게 표현하지 않는가? 그녀가 얼마나 완벽한 여성인지 묘사할 능력이 나에게는 없다네. 예컨대 나는 그녀에게 붙잡힌 사랑의 포로란 말일세.

지적이며 순수하고, 당당하면서 상냥하고, 활기찬데다 행동력이 있으면서도 마음은 차분한 그런 여성이라네. 지금 늘어놓은 말들은 다 그저 그렇고 수준 낮은 추상적 표현일 뿐이지, 그녀의 진정한 모습이라곤 단 하나도 보여주지 못한다네.

이다음에, 아니 지금 당장 설명해야겠어. 지금 하지 않으면 기회가 없을 테니 말이야. 자네니까 하는 말이지만 사실 이 편지를 쓰면서도 벌써 세 번이나 깃펜을 내던지고 말에 올라타 뛰쳐나갈까 했다네. 아침 일찍 오늘은 절대 뛰쳐나가지 않기로 결심했기에 참았지만, 그런데도 자꾸 창가로 다가가 태양이 어디쯤 떠올랐나 보는 중일세. 그녀를 찾아가고 싶은 마음을 떨칠 수 없기 때문이야.

이보게, 빌헬름, 저녁으로 빵을 먹고 다시 펜을 든 참이네. 그녀는 어린 동생이 여덟 명이나 있는데, 그 귀엽고 명랑한 아이들이 그녀를 둘러싼 모습이 내 영혼에 얼마나 큰 기쁨과 축복을 주는지 몰라. 계속 이런 식으로 얼버무리면 자네는 또 학자 정신을 발휘해서 재차 물어보겠지? 좋아, 내가 정신을 집중해서 자세히 설명하려고 노력할 테니 잘 읽어보게.

이전에 법무관 S씨를 만났다고 했지? 그분이 나더러 자신의 은신처인지 작은 왕궁인지로 놀러 오라고 했거든. 그 말에 별 의미를 두지 않았기에 딱히 찾아갈 생각도 없었는데, 우연한 기회에 한적한 곳에 숨겨진 그 보물을 발견한 걸세.

이 고장의 젊은이들이 무도회를 열었고 나도 기꺼이 참석하기로 했네. 착하고 아름답지만 별다른 호감을 느끼지 못한 마을 아가씨에게 나와 춤춰 달라고 부탁했지. 내가 마차를 준비해서 그녀와 그녀의 사촌을 태우고 무도회장 가는 길에 샤를로테 S의 집에 들러 함께 데려가기로 이야기가 되었네.

나무를 베어 만든 널따란 숲길을 따라 별장으로 가는 길에 내 파트너가 아름다운 아가씨를 만날 거라고 말하더군. 그녀의 사촌도 "반하지 않게 조심하세요."라고 덧붙이지 않겠나. 나는 왜 조심해야 하느냐고 물었지. 내 파트너가 "그분은 이미 약혼자가 있거든요."라고 대답하더니 말을 이었어. "약혼자는 아주 멋진 분인데, 아버지가 돌아가셔서 이런저런 뒤처리도 하고 좋은 일자리도 찾으려고 지금 여행 중이랍니다." 나는 전혀 관심이 없었다네.

해가 산줄기를 넘어가기 조금 전에 우리는 대문 앞에 다다랐네. 날은 후덥지근했고 여자들은 지평선에 걸친 회색 구름떼를 보며 비가 내리지 않을까 걱정하고 있었어. 나는 잘 알지도 못하는 기상학 운운하며 그녀들을 안심시키려 했지만 속으로는 우리의 무도회가 비 때문에 취소될 것만 같은 예감이 들었지.

내가 마차에서 내리자 하녀 아이가 문으로 다가와 로테 아가씨가 곧 나올 테니 잠시 기다려달라고 하더군. 나는 정원을 가로질러 멋들어진 본채 쪽으로 다가갔지. 계단을 올라가 현관으로 들어서자 여태껏 보지 못한 광경이 마치 연극인 양 눈앞에 펼쳐지더군. 현관 앞 거실에서 두 살부터 열한 살쯤 되어 보이는 아이 여섯이 아름다운 소녀를 둘러싸고 있는 거야. 소녀는 보통 키에 평범한 흰 옷을 입고 소매와 가슴께에는 분홍색 리본을 달았지.

그녀는 곡물 빵을 들고 자신을 둘러싼 아이들에게 나이와 식욕에 맞게 조금씩 잘라서 나눠주었는데 모든 아이에게 정말 다정히 대하더군. 아이들은 빵을 자르기도 전부터 저마다 작은 손을 높이 뻗고 기다리다가 빵을 받으면 꾸밈없이 고맙다고 외쳤네. 저녁으로 먹을 빵에 만족한 아이들은 각자 성격대로 어떤 아이는 뛰어서, 또 어떤 아이는 천천히 걸어서 로테를 데리러 온 손님과 마차를 보러 현관으로 나왔지.

"수고스럽게 여기까지 들어오시게 하고, 또 아가씨들을 기다리시게 해서 죄송합니다. 옷을 갈아입고 외출하기 전에 집안일을 정돈하려다 보니 아이들 오후 간식을 깜박했지 뭐예요. 꼭 제가 빵을 잘라줘야 먹는 아이들이어서요."

나는 진부한 인사를 했지만 그 와중에도 영혼은 그녀의 용모와 목소리, 일거수일투족에 못 박혀버렸고 그녀가 장갑과 부채를 가지러 안쪽 방으로 뛰어가고 나서야 비로소 그 놀라움을 가라앉힐 수 있었지.

아이들은 멀찍이서 나를 바라보았고 나는 귀엽게 생긴 막내에게 다가갔네. 아이가 나에게서 뒷걸음쳤는데, 그때 로테가 나오더니 "루이스, 사촌 형님과 악수하렴." 하고 말하더군. 아이는 순순히 따랐고 나는 흐르는 콧물에도 아랑곳하지 않고 아이의 코에 진심을 담아 키스했네.

"사촌이라고요?" 나는 그녀에게 손을 내밀며 입을 뗐지. "제가 당신과 친척이 되는 행운을 누려도 괜찮은 겁니까?"

그녀는 작게 탄성을 지르더니 웃으며 대답했어. "우리는 친척이 아주 많답니다. 설마 선생님께서 그중에 가장 나쁜 사람은 아니겠지요."

그러곤 바로 아래 여동생이자 열한 살쯤 되어 보이는 조피에게 동생들을 잘 돌보라고 이른 뒤 아버지가 승마 산책에서 돌아오거든 대신 인사를 전해달라고 말했네. 다른 아이들에게는 조피를 로테 자신처럼 생각하며 잘 따르라고 일렀지. 다들 그러겠다고 약속하는데 조금 건방져 보이는, 여섯 살쯤 된 금발머리 여자아이만 "조피 언니는 로테 언니가 아닌걸. 우린 로테 언니를 더 좋아하는데." 하고 따지는 거야. 그 틈을 타서 남자아이 둘이 마차 뒷부분에 올라탔는데 내가 중재한 덕에 로테는 아이들더러 숲까지만 따라가도 된다고 허락했네. 서로 장난치지 말고 떨어지지 않게 꽉 붙잡고 있어야 한다는 조건으로 말이야.

우리는 똑바로 앉을 수가 없었네. 여자들은 인사를 나누고 무도회 의상, 특히 모자에 관심을 보이며 말문을 트더니 그날 무도회에서 만날 사람들을 입에 올리기 시작했네. 도중에 로테가 마차를 멈추고 동생들을 내리게 했지. 아이들은 다시 한번 로테의 손에 입을 맞추고 싶어 했는데, 큰 아이는 열다섯쯤 되어 보이는 나이에 맞게 부드러운 키스를 했지만 작은 아이는 얼른 끝내버리더군. 로테가 동생들에게 한 번 더 인사하고 우리는 다시 출발했네.

내 파트너의 사촌 동생이 로테에게 지난번에 보내
준 책을 다 읽었느냐고 물었네.

"아뇨." 로테가 대답했지. "그 책이 마음에 들지
않더군요. 다시 돌려드릴게요. 그 전에 빌려주신 책
도 흥미롭지 않았어요."

내가 어떤 책이냐고 묻자 책 제목을 대는 순간 적
이 놀라고 말았네. 나는 그녀의 말 한마디 한마디마
다 성격을 엿보았고 그녀가 단어를 말할 때마다 새로
운 자극을 느꼈지. 그녀의 표정에는 새로운 영혼의
빛이 깃들었네. 내가 그녀를 이해한다는 사실에 만족
하여 긴장을 풀어가는 듯 말이야.

"더 어렸을 때는 소설을 가장 좋아했지요. 일요일
이면 방 모퉁이에 앉아 미스 제니 같은 주인공의 기
쁨과 슬픔에 온 마음을 빼앗겨버리곤 했어요. 물론
아직도 소설을 좋아해요. 다만 요즘은 책 읽을 시간
이 별로 없어서 정말 마음에 드는 책만 읽고 싶거든
요. 작품에서 나의 세계를 재발견하고 작품의 사건들
이 마치 내 주변 일인 듯 공감할 수 있는 흥미로운 이
야기를 쓰는 작가를 좋아해요. 당연히 우리 집이 천

국은 아니지만 어딘가에는 분명 이루 말할 수 없는 행복의 원천이 있답니다."

그녀의 말을 듣고 가슴이 요동치는 것을 억지로 눌러 참았네. 하지만 오래 참진 못했어. 그녀가 「웨이크필드의 목사」에 대한 이야기를 시작하자 나도 정신없이 동참해버렸거든. 로테가 다른 여자들을 향해 말을 돌렸을 때에야 비로소 그녀들을 쳐다봤는데 완전히 무시당한 데 놀라 눈을 동그랗게 뜬 채 앉아 있더군. 내 파트너의 사촌 동생이 몇 번이고 나를 비웃듯 쳐다보았지만 전혀 개의치 않았네.

이야기는 무도회에 대한 기대감으로 바뀌었네.

로테가 입을 열었지. "이런 열정이 잘못됐을지도 모르지만, 고백컨대 춤을 매우 좋아합니다. 머릿속이 복잡할 때는 조율이 안 된 제 피아노로 무곡을 치곤하는데, 그러면 마음이 금방 편안해지죠."

이야기를 나누는 동안 나는 그녀의 검은 눈에 당장이라도 뛰어들 것만 같았네. 촉촉한 입술과 생동감 넘치는 뺨이 나의 온 영혼을 사로잡았지. 그녀의 훌륭한 말솜씨에 푹 빠져서 몇몇 단어를 놓치기도 했네. 자네는 나를 잘 아니까 무슨 말인지 이해하겠지.

마차가 무도회장 앞에 천천히 멈췄고, 나는 아직도 꿈꾸는 사람처럼 마차를 내렸네. 그리고 꿈속을 걷는 듯 점점 밝아지는 세상 안으로 빨려들어갔지. 불을 환하게 밝힌 홀에서 음악이 울려퍼지는 것도 모른 채 말이야.

아우드란 씨와 N모 씨, 뭐, N으로 시작하는 이름이 그리 많은데 어찌 기억하겠나. 아무튼 두 신사가 내 파트너의 사촌 동생과 로테의 파트너였다네. 그들은 우리를 마중 나와서 각자 자신의 파트너를 무도회장으로 안내했고, 나도 내 파트너와 들어갔다네.

우리는 이리저리 움직이며 미뉴에트를 추었지. 나는 차례로 다른 여성들에게 춤을 청했는데 마음에 들지 않는 사람일수록 내 손을 놓지 않으려고 하더군. 로테와 파트너는 영국식 춤을 추다가 곧 우리 쪽으로 들어왔지. 그 순간 내가 얼마나 기뻤는지 말하지 않아도 알겠지. 그녀가 춤추는 모습을 자네도 봤어야 하는데! 그녀는 온 몸과 마음을 다해 춤을 추었네. 그녀의 몸은 아름다운 조화를 이루었으며 아무런 걱정

없이 격식에 얽매이지 않은 채 오로지 춤이 전부인 양 집중하고 있었어. 그 순간만큼은 그녀에게서 모든 것이 사라진 듯 보였다네.

나는 두 번째 춤에서 파트너가 되어달라고 청했네.

로테는 세 번째 춤의 파트너가 되겠노라 약속하고는 더없이 사랑스러운 솔직함을 내비치며 독일식 춤을 추고 싶다고 말하더군. "여기서는 같이 온 파트너끼리 독일식 춤을 추는 게 규칙인데, 파트너가 왈츠를 잘 못 춰서 제가 같이 안 추면 오히려 좋아할 거예요. 선생님 파트너인 아가씨는 왈츠를 추지도 못하고 좋아하지도 않는데, 영국식 춤을 출 때 보니 선생님은 왈츠를 잘 추시더군요. 저와 독일식 춤을 추고 싶다면 제 파트너에게 귀띔해주시겠어요? 저는 선생님 파트너와 이야기해볼게요."

우리는 악수를 했고, 곧이어 우리가 춤추는 동안 그녀의 파트너가 내 파트너의 이야기 상대가 되어주기로 했지.

춤이 시작되자 우리는 양팔을 이리저리 움직여가며 즐겁게 추었네. 그녀의 움직임이 어찌나 자연스럽고 매력적인지! 곧 왈츠가 시작되었고, 사람들은 마치 천체가 공전하듯 서로의 주변을 돌았지. 왈츠를 출 줄 아는 사람이 극소수였기 때문에 처음에는 조금 번잡스러웠네. 우리는 꾀를 내어 사람들이 다 빠지기를 기다렸다가 상황이 완전히 정리된 뒤 홀 안으로 들어갔지. 우리 말고는 아우드란과 그의 파트너만 남아서 춤을 췄네. 이토록 가볍게 움직여본 일이 없었어. 인간 세계에 있는 것 같지 않았네. 세상에서 가장 아름답고 사랑스러운 이를 품에 안고 바람처럼 이리저리 사뿐히 움직이다 보니 우리를 둘러싼 모든 게 사라진 기분이었지.

빌헬름, 솔직히 말하겠네. 앞으로 내가 사랑하고 갈구하는 이 여인이 오직 나하고만 왈츠를 추게 만들겠다고 맹세했네. 그로 인해 내가 몰락한다고 해도 말일세. 자네는 이해하겠지!

우리는 한숨 돌리기 위해 두어 바퀴 홀을 돌았지. 로테는 자리에 앉았고 나는 유일하게 남아 있는 오렌지 중 몇 개를 그녀에게 가져다주었어. 내가 따로 빼놓았기에 남은 오렌지인데 그녀가 잘 먹어서 흐뭇했지. 물론 로테가 옆자리에 앉은 눈치 없는 여자에게 오렌지를 나눠줄 때는 너무 아까웠지만 말이야.

세 번째 영국식 춤이 시작되자 우리는 두 번째로 파트너가 되었다네. 우리는 사람들 틈을 누비며 춤을 추었지. 나는 형언할 수 없는 환희에 젖어 그녀의 팔을 잡고 순수한 기쁨이 반짝이는 그녀의 눈을 바라보았네. 그러다가 어떤 여자 곁을 지나게 되었는데, 젊지는 않았지만 얼굴이 매우 사랑스러워서 전에도 눈에 띈 터였지. 그녀는 로테를 보고 미소 짓더니 갑자기 위협적으로 손가락을 치켜들고는 우리가 자기 옆을 지날 때 의미심장하게 알베르트라는 이름을 두 번이나 말하더군.

나는 로테에게 알베르트가 누구냐고 물었네. "실례가 아니라면 여쭤보고 싶은데요."

로테가 대답하려 했지만 우리는 춤을 추느라 큰 8자를 그리기 위해 잠시 떨어져야 했어. 그리고 우리가 서로 교차할 때 보니 생각에 잠겨 있더군.

잠시 후 그녀가 행진하기 위해 내 손을 이끌며 입을 열었어. "뭘 숨기겠어요. 알베르트는 훌륭한 신사

041

예요. 저와 약혼한 분이죠."

이미 내 파트너와 그녀의 사촌 동생에게 들은 말이라 놀랍지는 않았네. 하지만 한편으로는 새로운 소식인 양 들렸지. 이렇게 짧은 시간에 무척이나 소중한 사람이 된 그녀가 약혼했다는 사실을 애써 떠올리지 않았기 때문일세. 나는 갑자기 혼란에 빠져 내가 뭘하는지도 잊은 채 다른 커플 사이에 끼어들었고, 그 때문에 홀도 소란스러워졌지. 로테가 장내를 정돈하려고 나를 끌어당겨서 다행이었네.

아직 무도회가 끝나지 않았는데 얼마 전부터 지평선에서 빛나던 번개가 점점 강해지기 시작했네. 나는 번개가 치는 건 기온이 낮아졌기 때문이라고 설명했지. 그리고 천둥소리가 음악 소리를 덮어버렸네. 여자 셋이 서둘러 밖으로 나갔고 그녀들의 파트너가 뒤를 잇더군. 모두가 웅성대고 음악이 멎었지. 기쁨에 젖어 있을 때 갑자기 불행이나 공포가 엄습하면 그 효과가 더욱 압도적인 것은 당연한 일 아니겠나. 서로 대조적인 감정인 데다 우리의 가슴이 활짝 트인 상태여서 다른 감정을 더 빨리 받아들이기 때문이지.

여자들이 갑자기 얼굴을 찡그린 것도 그 때문이겠지.

첫 번째 여자는 지혜를 발휘해 구석으로 가서 돌아선 채 쭈그리고 앉았고, 두 번째 여자는 무릎에 얼굴을 묻었는데, 세 번째 여자가 두 사람 틈으로 파고들더니 눈물을 흘리며 그녀의 여동생을 껴안았다네. 몇몇은 곧장 집으로 돌아가려고 했지. 또 다른 몇몇은 무엇을 해야 할지 몰라 우왕좌왕했고. 그 틈을 타서, 불안에 떨며 하늘을 향해 기도하는 여자들에게 수작을 부리는 몰염치한 젊은이들도 있었어. 신사 몇몇은 조용히 담배를 피우려고 아래로 내려가더군.

그때 홀의 여주인이 나타나 현명하게도 나머지 사람들을 덧문과 커튼이 있는 방으로 안내했다네. 그런데 우리가 그 방에 들어서자마자 로테가 부지런히 움직이며 의자를 동그랗게 둘러놓더니 사람들에게 뭔가 게임을 하지 않겠냐고 제안하는 게 아니겠나.

몇몇은 벌써부터 게임에 이겨서 보상받을 생각에 입술을 쭉 내밀거나 손을 뻗기도 했네.

"숫자 세기 놀이를 하죠." 로테가 제안했지. "잘 들으세요. 제가 오른쪽에서 왼쪽으로 이동할 거예요.

여러분은 자신에게 해당하는 숫자를 말하면 돼요. 대신 엄청 빠른 속도로 돌아갈 겁니다. 막히거나 틀린 숫자를 부르면 벌칙으로 뺨을 맞는 거예요. 우선 천까지 세기로 해요."

그리고 정말 재밌는 광경이 펼쳐졌다네. 로테가 팔을 뻗고 원을 그리며 움직이자 첫 사람이 "하나!"라고 시작하고 그 옆 사람이 "둘!", 그다음 사람이 "셋!" 하는 식으로 진행되는 걸세. 로테는 점점 더 빨리 돌기 시작했지. 한 사람이 틀리자 짝! 소리와 함께 로테가 그의 뺨을 때리고 웃음이 번졌네.

그러는 사이 다시 누군가가 짝! 뺨을 얻어맞고는 로테가 그리는 원이 더 빠르게 돌아갔어. 나는 뺨을 두 번 맞았는데, 로테가 다른 이들보다 나를 더 세게 때리는 것 같아서 왠지 모르게 기분이 좋았다네. 왁자지껄 웃고 떠드는 사이 천까지 가기도 전에 게임은 끝나고 말았어. 날씨도 개었기에 파트너끼리 다시 짝을 지어 홀로 향했지. 나도 로테의 뒤를 따랐네.

가는 도중에 로테가 입을 열었지. "다들 뺨 때리는 데 정신이 팔려 날씨고 뭐고 전부 잊었더군요." 나는 아무런 대답도 할 수 없었어. 그녀가 말을 이었네.
"저는 굉장히 겁이 많지만 대담한 체하며 다른 이들
에게 용기를 북돋아주다 보니 용기가 생기더군요."

우리는 창가로 다가갔지. 천둥소리가 멀리서 울리
고 장쾌한 비가 대지를 적시며 향기로운 냄새가 따뜻
한 공기를 타고 올라와 우리에게 더할 나위 없는 상
쾌함을 전해주었네. 로테는 팔꿈치를 짚고 서서 바깥
을 둘러보고 있었어. 그녀는 하늘을 보더니 다시 나
를 보았네. 그 순간 그녀의 눈에 눈물이 고인 것을 보
았지. 그녀는 내 손에 자기 손을 겹치더니 "클롭슈
톡!"(독일 국민문학의 선구자라 불리는 시인)이라고
말하는 거야.

나는 곧 클롭슈톡의 웅장한 송가를 떠올리며 로테
가 나에게 암시하고자 한 감정의 물결에 젖어들었네.
그리고 더 이상 참을 수 없어 몸을 숙이고 그녀의 손
에 키스했어. 내 눈에서는 환희의 눈물이 흘렀지. 다
시 그녀의 눈을 바라보았네.

위대한 시인 클롭슈톡이여! 만약 이 눈에 담긴 당
신이 신이라면 다른 이들이 당신의 이름을 입에 담는

것은 신성모독이니, 나는 더 이상 그런 일이 일어나지 않기를 바랄 뿐이오!

6월 19일

지난번 편지에서 어디까지 설명했는지 도통 기억이 나지 않는군. 다만 내가 편지를 다 쓰고 잠자리에 든 게 새벽 2시였던 건 생각나네. 내가 편지를 쓰는 게 아니라 직접 만나 이야기를 나누었다면 밤이 새도록 자네를 붙잡고 떠들었을 테지.

무도회가 끝나고 집으로 돌아오는 길에 무슨 일이 일어났는가는 아직 말하지 않았지? 그런데 오늘도 그 이야기를 할 날은 아닐세.

아침 해가 뜨는 모습이 장관이더군. 주변을 둘러싼 숲은 이슬에 젖고 들판은 상쾌한 생기로 가득 차 있었지. 함께 간 여자들이 꾸벅꾸벅 졸기 시작하더군. 로테가 나더러 이참에 눈을 붙이라고 권했어. 자기한테 신경 쓸 필요 없다고 말이야.

나는 그녀의 눈을 바라보며 말했네. "당신이 깨어 있으니 저도 깨어 있겠어요."

우리는 그녀의 집 앞에 다다를 때까지 깨어 있었지. 하녀가 조용히 문을 열었어. 로테가 아버지와 동생들이 간밤에 잘 있었는지 물어보자 그렇다고 대답하며 아직 모두 잔다고 대답했네. 헤어지면서 로테에게 그날 중으로 한 번 더 만나기를 청했어. 로테가 승낙했기에 그녀를 다시 찾아갔지. 해와 달과 별은 여전히 자기 할 일을 하고 있겠지만 그때부터 나는 지금이 낮인지 밤인지 분간할 수가 없었다네. 내 주변의 세상이 송두리째 사라진 기분이었어.

6월 21일

요즘은 신이 당신의 은총을 아껴두었다가 마침내 만들어낸 듯 행복한 나날을 보내고 있네. 앞으로 나에게 무슨 일이 일어나든 순수한 삶의 기쁨을 충분히 즐기지 못했다고 말하지는 못하겠지. 발하임에 대해 이야기한 적이 있었지. 나는 그 도시에, 로테의 집에서 30분 거리에 완전히 정착했다네. 이곳에서 인간에게 주어진 모든 행운을 맛보며 나 자신을 온전히 느끼고 있어.

내가 발하임을 산책의 목적지로 정했을 때 이곳이 그토록 천국에 가까운 장소였다는 걸 미리 알았더라면! 멀리까지 산책 나간 길에 내 모든 소원의 결정체인 그 사냥 별장을 산 위에서, 때로는 강 건너편에서 몇 번이나 지켜보았는지!

친애하는 빌헬름, 나는 인간이 스스로 날개를 펼쳐 새로운 것을 발견하고 이리저리 돌아다니기 위해 내면에 갖춘 열망에 대하여 찬찬히 고찰해보았네. 그런데 인간이란 스스로 속박에 순응하고 익숙한 것만 찾으며 어떤 일이든 무관심하려는 내적 충동도 갖춘 존재란 말일세.

정말 멋진 곳이야. 언덕에 올라 아름다운 골짜기를 내려다보며 주변 경관에 마음을 빼앗기고 말지. 저 작은 숲! 숲으로 들어가 자연에 동화될 수 있다면! 저 산봉우리들! 저곳에 올라 멀리까지 내려다볼 수 있다면! 연달아 펼쳐진 언덕과 그 곁을 지키는 골짜기들! 그 속으로 사라져버리고 싶을 정도라네! 서둘러 그곳까지 갔다가 금방 돌아왔네. 내가 원하는 것을 찾지 못한 채 말이야.

저 먼 곳은 미래와 비슷하네! 거대하고 희미한 모든 것이 우리 영혼을 맞이하려 조용히 기다리고, 우리의 감정은 우리의 눈처럼 그 안에서 뿌옇게 변할 뿐이지. 그리고 우리는 갈망하고 있다네. 아아! 하지만 그곳에 서둘러 다다르면, 그래서 저 먼 미래가 현실이 되면, 모든 것은 여전히 변함이 없지. 우리는 여전히 가난하며 속박당한 채 살아가겠지. 우리의 영혼이 그곳에서 빠져나가 자유로워지기를 갈망하는 까닭일세.

넓은 세상을 돌아다니던 방랑자도 마지막에는 고향으로 돌아가고 싶어 하지. 자신의 작은 오두막에서, 아내의 품에서, 아이들에게 둘러싸여 그들을 부양하기 위해 해온 일에서 여태껏 찾지 못한 기쁨을 누리는 걸세. 먼 곳에서 추구할 필요가 없는 거지.

동이 터오면 나는 발하임으로 나가서 여관 마당에 열린 완두콩을 직접 따가지고 의자에 앉아 콩깍지를 까며 호메로스를 읽는다네. 주방에서 냄비를 찾아 버터를 두르고 콩깍지를 볶다가 뚜껑을 덮고 그 옆에 앉아 이따금 냄비를 흔들어 내용물을 섞기도 하지. 그러다 보면 오디세우스의 아내 페넬로페에게 민폐를 끼칠 정도로 구혼을 해대던 남자들이 돼지를 잡아 불에 굽는 광경이 생생하게 떠오른다네. 내가 이렇게 잔잔하고 진실한 감정으로 가득 차는 이유는 이런 가부장적인 생활상 때문일세. 다행히도 나는 점잔빼지 않고 그것을 내 생활에 받아들일 수 있지.

내 마음이 인간의 우직하고 순수한 환희를 느낄 수 있다니 얼마나 기쁜 일인가. 예를 들어 자기가 직접 재배한 양배추를 식탁으로 가져가는 사람을 생각해보세. 그는 양배추뿐 아니라 좋은 날들, 즉 양배추를 심은 화창한 아침, 양배추에 물을 준 안락한 오후, 양배추가 자라나는 과정을 지켜본 기쁨을 한순간에 전부 즐길 수 있는 것이지.

6월 29일

그저께 시내 의사가 법무관의 집을 찾아왔다네. 나는 마침 마당에서 로테의 동생들과 놀아주고 있었지. 아이들은 나를 타고 올라 짓누르거나 나를 놀리고, 나는 아이들을 간질이느라 왁자지껄한 분위기였어. 의사는 말을 하면서도 시종일관 자신의 소맷단과 주름 장식을 매만지는 걸로 보아 고집 세고 융통성이 없어 보였는데, 내가 아이들과 놀아주는 모습이 체통 없는 짓이라고 생각하는 것 같더군. 그의 얼굴 표정만 봐도 알 수 있었지.

하지만 아랑곳하지 않았네. 논리적으로 따질 테면 따지라지. 나는 그저 아이들이 무너뜨린 카드 집을 다시 지어주었네. 그런데 그 의사가 시내로 돌아가서 법무관의 아이들은 안 그래도 버릇이 없는데 베르테르가 완전히 망쳐놓았다고 소문냈지 뭔가.

빌헬름, 내 친구여, 세상에서 내 마음에 가장 가까운 것은 아이들이라네. 아이들을 보면 아주 작은 일에서 모든 도덕과 힘이 싹튼다는 사실을 알 수 있지. 그 도덕과 힘은 언젠가 아이들도 반드시 지녀야 할 덕목이라네. 내가 관찰하건대 아이들은 제멋대로 구는 것 같으면서도 완강하고 단호하며, 장난치고 웃고 가볍게 떠들면서 세상의 어려움을 떨쳐버린다네. 이토록 순수하고 완전한 존재가 어디 있는가! 그때마다 인류의 스승인 예수가 "돌이켜 어린아이처럼 돼라." 하신 금언을 되새기지.

하지만 친구여, 우리와 같은 사람인 어린아이들, 우리가 삶의 귀감으로 삼아야 할 어린아이들을 너무 막 대하지 않는가. 어른들은 아이가 의사 표현을 자유롭게 해서는 안 된다고 하지. 그럼 어른도 그래선 안 되는가? 왜 우리는 특권을 누리는가? 나이가 많고 아는 게 더 많기 때문에?

오, 하늘에 계신 신이시여, 당신께서는 그저 나이 많은 어린이와 나이 적은 어린이를 보실 뿐이겠지요. 그리고 어느 쪽이 당신께 더 큰 기쁨을 안기는 존재인지는 당신의 아드님께서 이미 오래전에 알려주셨지요. 그런데 우리 인간은 그분을 믿으면서 그분의 말씀을 따르지 않는 것입니다. 오래전부터 말이죠! 어른은 아이를 자기 마음대로 기른다네.

이만 줄이겠네, 빌헬름! 이제 그만 떠들어야겠어.

7월 1일

로테가 환자에게 어떤 존재인지 내 마음으로 직접 느끼고 있다네. 나는 병상에 누운 마르고 쇠약해진 사람들보다 더 심각한 상태야. 로테는 시내의 독실한 부인 집에서 며칠 지내게 되었는데, 의사의 진단에 따르면 살날이 얼마 남지 않았다는군. 그녀가 마지막 남은 날들을 로테와 지내고 싶다고 부탁했다네.

지난주 로테와 작은 마을의 목사를 찾아갔지. 산으로 한 시간가량 걸어들어가면 나오는 소박한 마을이야. 우리는 오후 4시쯤 도착했지. 로테는 둘째 여동생을 함께 데려갔어.

아름드리 호두나무 그늘이 드리운 교회 마당에 들어서자 문 앞에 놓인 벤치에 나이 든 목사가 앉아 있는 모습이 보였네. 그는 로테를 보자마자 화색을 띠며 지팡이 짚는 것도 잊은 채 다가오더군. 로테는 서둘러 달려가서 그를 자리에 앉히고 자기도 곁에 앉아 아버지 안부를 전했지. 그러고는 목사의 막둥이라는 못생기고 지저분한 아이를 안아주었네. 자네도 봤어야 해. 로테가 그 노목사를 어떻게 대하는지 말이야.

로테는 목사의 반쯤 먹은 귀에 잘 들리도록 목소리를 높여 건강한데 갑자기 죽은 젊은이나 카를스바데의 온천이 얼마나 좋은지 이야기했어. 이번 여름 그가 카를스바데에 가기로 결정한 걸 칭찬하며 지난번보다 훨씬 건강해 보인다고 덧붙이기도 했지. 그사이 나는 목사의 아내와 이야기를 나누었지. 목사는 활기를 되찾았고 나는 시원한 그늘을 드리운 멋진 호두나무를 칭찬했다네.

그러자 그가 어렵사리 더듬거리며 호두나무에 얽힌 이야기를 들려주었어. "더 오래된 나무는 누가 심었는지 모릅니다. 이 목사가 심었다는 사람도 있고 저 목사가 심었다는 사람도 있지요. 저 뒤쪽 더 젊은 나무는 제 아내와 동갑인데 올 10월에 오십이 됩니다. 장인어른이 아침에 저 호두나무를 심었는데 저녁에 아내가 태어났다고 해요. 그분은 저의 선임 목사였는데 저 나무를 얼마나 아꼈는지는 이루 말할 수가 없습니다. 물론 저도 그렇고요. 27년 전 제가 가난한 학생 신분으로 이 마당에 처음 들어섰을 때 아내는 저 나무 아래 벤치에 앉아 뜨개질을 하고 있었어요."

로테가 따님은 어디 갔느냐고 물었네. 그는 딸이 슈미트 씨와 함께 목장 일꾼들에게 갔다고 대답하고는 말을 이어갔지. 장인이 곧 그를 아끼게 되었고 아내도 그를 사랑했으며, 처음에는 이곳에서 부목사가 되었다가 곧 장인의 후계자가 되었다는 이야기였네.

그가 이야기를 마칠 무렵 목사의 딸이 슈미트 씨와 함께 마당 저편에서 다가오더군. 그녀는 진심 어린 말투로 로테에게 환영 인사를 건넸고, 나는 어쩐지 그녀가 싫지 않았네. 쾌활하고 건강한 갈색 머리 아가씨였는데, 잠깐 동안 들판에서 이야기를 나눠보았으면 하는 마음이 들더군. 그녀의 애인(슈미트 씨가 곧 그런 의미를 담은 태도를 취했네)은 건실해 보이는 과묵한 남자인데 로테가 말을 걸었지만 우리 이야기에 끼어들려 하지 않았네.

내가 불쾌했던 이유는 그가 할 말이 없는 게 아니라 옹졸하게 토라져서 우리와 어울리려 하지 않는 것이 표정에 다 드러났기 때문일세. 애석하게도 시간이 지나면 지날수록 더욱 확실해지더군.

산책길에서 프리데리케가 로테와 이야기를 나누기도 하고 잠시 나와 걷기도 했는데, 안 그래도 햇볕에 그을려 어두운 그의 안색이 눈에 띄게 침울해졌거든. 로테가 기회를 봐서 내 소매를 당기더니 프리데리케한테 너무 친근히 대하지 말라고 일러주더군.

내가 가장 화나는 일이 뭔지 아는가? 사람들이 서로 들볶고 괴롭히는 것, 특히 젊은이들이 인생에서 모든 자유와 기쁨을 누릴 수 있는 한창 때를 허튼 짓으로 망치는 것일세. 그들이 더 이상 돌이킬 수 없는 시간을 낭비했다는 사실을 깨달았을 때는 이미 너무 늦었단 말이지.

나는 계속 울화가 치민 상태였는데 저녁때 교회 마당의 테이블을 둘러싸고 앉아 빵과 우유를 즐기다가 화제가 세상의 기쁨과 슬픔에 미치자 도저히 참을 수가 없어져서 말꼬리를 잡고 불만을 털어놓았다네.

"우리 인간은 기쁜 날은 적은데 힘들고 고된 날은 많다며 불평하죠. 전 이게 잘못됐다고 생각합니다. 신이 우리를 위해 매일 내려주시는 기쁨을 열린 마음으로 즐기고 받아들인다면 안 좋은 일도 헤쳐나갈 힘이 생길 테지요."

목사의 아내가 말을 받았지. "하지만 사람은 스스로 마음을 다스리지 못해요. 오히려 몸 상태가 마음에 영향을 미치죠. 몸이 안 좋으면 뭘 봐도 마음에 들지 않잖아요."

나는 그 말에 동의하고 말을 이었네. "그럼 그것을 병이라 생각하고 치료약이 없을지 생각해봅시다."

그때 로테가 입을 열었네. "좋은 생각이에요. 저도 사람 일은 마음먹기에 달려 있다고 생각해요. 저도 그렇거든요. 속상하거나 기분이 언짢을 때 자리를 털고 일어나 정원을 거닐며 춤곡 몇 곡 부르면 기분이 나아지죠."

내가 그 말을 받아 강조했지. "그게 바로 제가 하고 싶었던 말입니다. 언짢은 감정은 게으름과 똑같아요. 아니, 게으름의 일종이죠. 우리는 선천적으로 게을러지기 쉽습니다. 하지만 자신을 다그칠 힘이 생기면 일의 능률이 오르고 일을 하면서도 진정한 만족을 얻습니다."

프리데리케는 내 이야기를 귀담아듣고 있었네. 하지만 슈미트 씨는 나를 돌아보며 인간은 자신을 다스릴 수 없고 더군다나 감정을 조절하기란 불가능한 일이라고 말했지.

그래서 내가 힘주어 말했네. "지금 이야기하는 건 누구나 피하고 싶어 하는 불쾌함입니다. 자기 힘이 어디까지인지는 시험해보지 않는 한 아무도 모르지요. 몸이 아픈 사람은 이 의사 저 의사 찾아다니며 진찰받는 등 건강을 되찾기 위해서라면 절대 포기하지 않고 아무리 쓴 약이라도 삼킬 겁니다." 슬쩍 보니 그 우직한 노목사가 우리의 토론에 끼고 싶은 눈치여서 그를 쳐다보며 목소리를 높였네. "다들 수많은 죄악에 대해 설교할 뿐 불쾌함과 언짢음에 대해 설교하는 사람은 아무도 없습니다."

마침내 목사가 입을 열었어. "그건 도시의 목사가 할 일이지요. 시골 농부들은 불쾌함이나 언짢음을 느끼지 않으니까요. 하지만 그런 설교도 때로는 도움이 되겠군요. 제 아내나 법무관한테는 좋은 교훈이 될지도 모르니까요."

그 말에 모두가 웃었고 노목사도 웃음을 터뜨렸네. 하지만 그가 곧 기침을 쏟아내는 바람에 우리의 토론은 잠시 중단되었지.

잠시 후 슈미트 씨가 다시 말을 시작했네. "선생님은 나쁜 기분을 죄악이라고 하는군요. 표현이 지나친 것 같습니다."

나는 물러서지 않고 대답했지. "절대 그렇지 않습니다. 자기 자신과 주변 사람들에게 피해를 끼치는 일이니 죄악이라 할 만하지요. 서로를 불행하게 만든다는 점에서 죄악이라 부르고도 남습니다. 그런데 자신에게 허락한 기쁨마저 서로 빼앗아야만 하나요? 남들의 기쁨을 해치지 않으려고 혼자 그 불쾌함을 이겨내는 대단한 사람이 있다면 이름을 대보십시오. 이런 불쾌함은 혹시 열등감이나 어리석은 허영심으로 인한 질투 때문에 생긴 자기 자신에 대한 불만은 아닐까요? 행복한 사람들이 있다고 칩시다. 하지만 우리의 잣대로 그들이 진짜 행복한지 아닌지 판단하는 건 참을 수 없습니다."

내가 말하는 동안 로테는 나를 보며 미소 지었네.

나는 프리데리케의 눈에 눈물이 고인 것을 보고 말을 이었지. "마음을 다스리는 힘으로 내면에 싹튼 소소한 행복을 없애려는 사람들이 참 딱합니다. 이 세상의 모든 선물과 호의를 받는다 해도 질투심에 불탄 폭군이 망쳐버린 행복을 대신할 길은 없죠." 이 말을 하며 가슴이 벅차올랐네. 과거의 기억들이 내 영혼으로 몰려들었고 내 눈에서는 눈물이 흘렀지. 나는 소리 높여 외쳤네. "이런 식으로 매일 되뇐다면! 너는 너의 기쁨을 친구들과 나누고 그들의 행복을 공유하며 함께 어울려 즐길 따름이겠지. 친구들의 영혼이 두려움과 슬픔에 고통받고 불행 때문에 혼란에 빠졌을 때 과연 너는 그것을 덜어줄 힘이 있는가? 네가 꽃다운 나이에 상처 입힌 소녀를 무서운 병마가 덮치자 그 가련한 소녀는 기진맥진한 채 저곳에 누워 있다. 그 소녀의 텅 빈 눈은 허공을 바라보고 창백한 이마는 죽음에 가까워진 것처럼 땀이 흐른다. 너는 그저 멍청이처럼 침대 맡에 우두커니 서 있을 뿐 안간힘을 써봤자 소녀에게 아무것도 해줄 수 없다는 사실이 가슴에 사무친다. 너는 절망에 휩싸인 채 이 죽어가는 소녀에게 힘 한 방울, 용기의 불꽃 한 가닥이라도 넘겨줄 수 있다면 뭐든 다 바치겠노라 생각한다."

이렇게 내뱉는 순간 내가 이전에 겪은 그 기억이 엄청난 기세로 덮쳐왔네. 나는 손수건으로 눈을 가리고 그 자리를 벗어났지. 이제 그만 가보겠다고 말하는 로테의 목소리가 겨우 내 정신을 붙잡아주었네.

집으로 돌아가는 길에 로테는 내가 모든 일에 너무 열정적이라며 그게 나를 망칠까 봐 걱정하더군. 나 자신을 더 소중히 하라면서 말이야. 오, 나의 천사! 나는 그대를 위해 살겠소!

7월 6일

로테는 여전히 그 죽어가는 부인 곁에 머물고 있다네. 로테는 언제나처럼 남의 고통을 덜고 그 자리에 행복을 채워주는 아름다운 존재라네. 어제 저녁엔 로테가 마리아네와 어린 말헨을 데리고 산책을 나갔는데, 나는 그 사실을 알았기 때문에 그녀와 만나 함께 산책길에 올랐지.

길을 따라 한 시간 반쯤 걷고는 마을로 돌아와서 내가 좋아하는 샘터로 향했어. 이제 그 샘터는 나에게 훨씬 더 소중한 존재가 되었다네. 로테는 낮은 돌담에 걸터앉았고 우리는 로테 앞에 서 있었어. 나는 주위를 둘러보았지. 아아, 그러자 내가 홀로 외로웠던 시간이 다시 생기를 찾기 시작하는 거야.

"나의 샘이여, 너의 곁에서 시원함을 느낀 지 참

오래되었구나. 너를 쳐다보지도 않고 서둘러 지나친 적도 있었지."

그때 내 근처에 있던 말헨이 컵에 물을 떠서는 급히 일어나는 게 보였어. 나는 로테를 쳐다보았고, 그 순간 그녀를 향한 내 마음을 다시 느꼈네. 말헨이 컵을 들고 다가왔어.

마리아네가 그 컵을 가져가려 하자 아이는 안 된다고 소리치며 사랑스러운 목소리로 말했네. "안 돼, 로테 언니, 언니가 먼저 마셔야 돼!"

나는 말헨이 사랑스러운 나머지 이루 말할 수 없는 감정에 사로잡혀 그 아이를 안아 올리고 키스를 퍼부었지. 그런데 아이가 갑자기 소리를 지르며 울기 시작하더군.

로테가 말했지. "선생님이 잘못하셨어요." 나는 당황했네. 로테가 말을 이었어. "이리 와, 말헨." 그리고 아이의 손을 이끌어 계단 아래로 내려갔어. "자, 여기서 깨끗한 물로 씻자. 씻으면 아무것도 아니야."

나는 그 자리에 서서 아이가 고사리 같은 손을 물에 적셔 제 뺨을 열심히 닦아내는 모습을 지켜보았네. 아이는 기적의 샘물로 모든 더러움을 씻어내면 흉측한 수염이 자라는 저주에서 벗어난다고 믿는 것 같았지. 로테가 "이제 그만 됐어."라고 말해도 아이는 더 많이 닦아야 한다는 듯이 계속해서 씻었네.

이보게, 빌헬름, 내가 이토록 경외하는 마음으로 세례 의식에 참석한 건 정말 처음이었네. 로테가 다시 돌계단을 올라왔을 때 나는 온 국가의 죄를 사한 예언자를 대하듯 그 앞에 엎드려 절하고 싶었네.

그날 저녁 기쁨을 주체할 길이 없어서 내가 신뢰하는 남자에게 그 이야기를 들려주었네. 그는 이해심이 많은 사람이거든. 그런데 무슨 일이 있어났는지 아는가? 글쎄 로테가 잘못했다는 걸세. 아이들이 그런 터무니없고 허무맹랑한 미신을 믿게 해서는 안 된다는 거야. 어른은 아이가 그런 데 빠져들지 않도록 일찍부터 지켜줘야 한다고 말하더군. 그제야 여드레 전 그의 아이가 세례받은 일이 생각나더라고.

그 사람이 하는 말을 잠자코 들으면서 속으로는 진실한 믿음을 되새겼네. '신이 우리를 대하듯 아이들을 대해야 한다. 신이 우리를 다정한 망상에 잠겨들

게 할 때 가장 행복해지는 것처럼.'

7월 8일

이렇게 유치할 수가! 단 한 번의 눈길을 이토록 갈망하다니! 정말 어린애 같은 투정이지! 우리는 발하임으로 갔다네. 여자들은 마차를 타고 우리는 걸어갔는데 그동안 나는 로테의 검은 눈동자를 떠올렸지. 이토록 어리석은 나를 용서하게! 자네도 그녀의 눈동자를 봐야 해. 간단히 말해 (나는 지금 졸려서 눈이 감기고 있네) 여자들은 마차에 올라탔고, 젊은 W. 젤슈타트 씨와 아우드란 그리고 내가 마차를 둘러쌌다네. 모두 들떠서는 차창을 사이에 두고 즐겁게 이야기를 나누었지.

나는 로테의 시선을 좇았네. 그녀의 시선은 이 사람 저 사람에게 골고루 옮겨가고 있더군. 하지만 나는! 나에게는! 내게는 오지 않았네! 나는 홀로 체념한 채 서 있었지만 시선은 내게 오지 않아! 속으로 셀 수 없을 만큼 작별 인사를 했는데도! 그녀는 나를 쳐다보지 않았네! 마차가 떠나가고 눈물이 차오르는 중에도 그녀를 계속 지켜보았지. 그런데 로테의 머리 장식이 차창 밖으로 기울어지는가 싶더니 뒤를 돌아보는 게 아닌가. 아! 나를 보려고 그랬을까?

친구여, 사실을 알지 못하니 마음이 너무 싱숭생숭하다네. 그냥 나를 돌아본 거라 생각하며 위안을 삼고 있어. 분명 나를 봤을 거야! 잘 자게. 휴, 나는 어쩌면 이다지도 유치하단 말인가!

7월 10일

사람들과 모여 있다가 로테 이야기가 나왔을 때 내가 얼마나 멍청하게 굴었는지 자네도 봤어야 하는데! 누군가 로테가 마음에 드냐고 묻는다면? 마음에 든다니! 나는 그 말이 끔찍하게도 싫다네. 로테를 마음에 들어 하는 사람 가운데 그녀로 인해 온 영혼과 감정이 충만해지지 않는 자가 있겠느냔 말이야!

마음에 든다. '마음에 든다'라. 최근 어떤 사람이 오시안(고대 켈트족의 전설적 시인이자 용사)이 마음에 드냐고 물었지.

7월 11일

M부인의 몸 상태가 정말 안 좋다네. 그녀를 위해
기도하는 중일세. 나는 로테와 슬픔을 나누고 있으니
까. 내 친구의 집에서 그녀와 만나는 일은 아주 드문
데 오늘 로테가 놀라운 이야기를 들려주었네. M부인
의 남편은 아주 탐욕스러운 구두쇠인 데다 일생 동안
부인을 들볶고 괴롭히며 살았다는 거야. 그런데도 부
인은 근근이 살림을 꾸려온 거지.

얼마 전 의사가 살날이 얼마 남지 않았다고 말하자
부인이 남편을 불러 (로테도 그 자리에 있었네) 이
렇게 말했다고 하더군. "당신한테 고백할 일이 있어.
내가 죽고 나면 일이 복잡해져서 당신이 화를 낼지
도 모르니까. 나는 여태까지 가능한 한 아끼면서 집
안일을 잘해냈어. 하지만 30년 동안 당신을 속인 일
은 용서를 구하고 싶어. 결혼 초 당신은 생활비를 아
주 조금만 주었지. 그 뒤로 살림살이가 늘고 장사도
번창했는데 매주 나에게 주는 생활비를 올리지 않았
어. 생활비가 가장 많이 필요했을 때도 7굴덴으로 일
주일을 살라고 한 건 당신이 더 잘 기억하겠지. 나는

군소리 않고 받아들였어. 그리고 매주 가게의 돈궤에서 남는 돈을 가져왔어. 당신 아내가 가게에서 돈을 훔쳐가리라고는 아무도 생각 못 했겠지. 하지만 나는 단 한 푼도 허투루 쓰지 않았어. 이렇게 고백하지 않았더라도 편히 눈 감았을 거야. 하지만 다른 여자가 집안 살림을 맡고서 돈이 부족하다고 할 경우, 당신이 죽은 아내는 이 돈으로 얼마든지 잘 살았다고 할까 봐 걱정돼."

나는 로테와 인간의 눈먼 어리석음에 대해 이야기했네. 생활비가 두 배는 들어야 하는데 7굴덴으로 충당했다면 당연히 그 이면에 무언가 있다는 걸 의심하지 않는 어리석음 말이야. 자기 집에 예언자의 마르지 않는 기름 단지가 있는 줄 아는 사람을 나도 몇몇 안다네.

7월 13일

내 착각이 아니야! 그녀의 검은 눈동자에서 나와 내 운명에 대한 진심을 읽었다네. 나는 느낄 수 있어. 내 마음이 내게 말하더군. 그녀가 나를… 아, 내가 이런 신성한 낱말을 입에 담아도 되는 걸까? 그녀가 나를 사랑한다고 말이야!

그녀는 나를 사랑하네! 나 자신이 더욱 가치 있는 존재라는 생각이 들었지. 나 자신을 얼마나…. 자네에게는 이런 이야기를 해도 되겠지. 자네는 나를 이해할 테니까. 그녀가 나를 사랑하고부터 나 자신을 얼마나 찬양하는지 모른다네!

그저 나의 자만일까, 아니면 진정한 관계에서 자연스레 느끼는 감정일까? 나 말고 로테의 마음을 사로잡을 사람은 없네. 하지만 그녀가 따뜻한 목소리로 사랑을 담아 약혼자 이야기를 할 때면 모든 명예와 지위를 잃고 검까지 빼앗긴 사람이 된 기분이라네.

7월 16일

어쩌다 내 손가락이 그녀의 손가락을 스치거나 우리의 발이 테이블 밑에서 닿기라도 하면 내 모든 혈관이 들끓는다네! 나는 불에 덴 양 피하기도 했다가 알 수 없는 힘에 이끌려 다시 제자리를 찾기도 하지. 내 모든 감각이 휘청거리는 기분이야.

아! 하지만 그녀의 사심 없고 순수한 영혼은 이런 작은 행동들이 얼마나 나를 괴로움에 빠뜨리는지 모른다네. 대화 중에 그녀가 자기 손을 내 손에 겹치거나 이야기를 더 자세히 들으려고 내 쪽으로 몸을 가까이할 때면, 그래서 그녀의 입에서 나오는 천사의 숨결이 내 입술에 닿을 때면… 나는 폭풍우에 휩쓸려 침몰하는 배가 된 것 같아.

빌헬름! 이러다 언젠가는 내가 감히 이 천국을, 이 믿음을…. 자네는 날 이해하겠지?

내 마음은 그렇게 타락하지 않았네! 그저 약할 뿐, 그래, 약할 뿐이야. 그런데 마음이 약하다는 말은 곧 타락했다는 뜻이 아닐까? 그녀는 내게 대단히 신성한 존재라네. 그녀와 마주하면 모든 욕망이 사그라지지. 그녀와 함께 있으면 내 기분이 어떤지조차 알지 못한다네. 온몸의 모든 신경을 지나간 영혼이 뒤틀리는 느낌일세.

그녀는 천사처럼 피아노를 연주하곤 해. 미끄러지듯 자연스러운 연주에서 아름답고 풍부한 선율이 흐르지. 그녀가 가장 좋아하는 곡인데, 첫 음을 치는 순간 내 안의 모든 고통과 혼란, 근심이 사라진다네.

음악은 마법의 힘이 있다는 말을 이제야 이해한다네. 나는 소소한 음악 소리에 사로잡혔다네! 로테는 어떻게 알았는지, 내가 이마에 총구를 대고 싶어질 때면 그 곡을 연주하곤 해. 내 영혼은 어둠을 벗어나 길을 찾고 나는 자유롭게 숨 쉴 수 있지.

7월 18일

빌헬름, 사랑 없는 세상에서 영혼은 뭐겠는가? 불 꺼진 환등이겠지! 환등에 빛이 없으면 자네의 하얀 벽에 갖가지 화려한 그림을 비출 수가 없는 걸세. 그 그림이 순식간에 지나가는 환영이라 해도 우리가 싱그러운 젊은이들처럼 황홀경에 빠져 그 놀라운 광경을 지켜본다면 행복이 깃드는 거지.

오늘은 로테를 찾아가지 못했네. 꼭 참석해야 하는 모임이 있었거든. 대신 로테의 집으로 하인을 보냈네. 오늘 로테 가까이 가본 사람이라도 곁에 두고 싶었으니까. 하인이 돌아올 때까지 어찌나 초조하던지, 그가 돌아왔을 땐 또 얼마나 기쁘던지! 체통 따위 잊었더라면 그의 목을 끌어안고 키스했을 테지.

듣자 하니 볼로냐에서 채굴된 어떤 광석은 양지에 놓아두면 빛을 흡수하여 밤에도 얼마간 빛난다고 하더군. 젊은 하인이 그 돌 같은 존재였다네. 그의 얼굴, 그의 뺨, 그의 상의 단추, 그의 외투 깃에 로테의 눈길이 닿았다고 생각하니 그의 모든 것이 신성하고 가치 있게 느껴졌네. 누가 천 탈러를 준다 해도 그 하인을 넘겨주지 않았을 거야. 그가 내 곁에 있어서 대단히 행복했거든. 자네가 웃는 모습이 눈에 선하네.

빌헬름, 우리에게 행복을 주는 것은 그저 환영일 뿐일까?

7월 19일

아침에 잠에서 깨면 "그녀를 만나야지!" 하고 외친다네. 밝게 떠오른 아름다운 태양과 마주하며 그녀와 만나야겠다고 외치는 거지. 그것 말고는 온종일 아무 것도 바라는 일이 없다네. 모든 것이 그 희망에 잠기는 걸세.

7월 20일

자네들은 내가 외교관을 따라 ***에 가기를 바라는 모양이지만 그럴 생각이 없네. 누군가에게 종속되고 싶지도 않고, 모두가 알다시피 그 외교관은 매우 무례한 사람이거든. 자네한테 내가 일하기를 바란다는 어머니 말씀을 전해듣고 웃어버렸다네. 내가 지금 일을 안 한다니, 완두콩을 세든 렌틸콩을 세든 어차피 똑같은 일 아닌가? 이 세상 모든 일이 시시하다네. 자신의 열정이나 욕구가 아닌 남들의 바람 때문에 돈이나 명예를 얻고자 녹초가 되도록 고생하는 건 전부 어리석은 자들이야.

7월 24일

그림 그리는 걸 소홀히 하지 말라는 자네 걱정에 딱히 할 말이 없네. 사실 그 이후로 그림에 손을 대지 않았거든.

나는 지금까지 이토록 행복한 적이 없네. 돌멩이 하나, 풀잎 하나까지 자연에 대한 감수성이 이토록 풍부해진 적도 없다네. 어떻게 얘기해야 할지 모르겠지만, 내 표현력이 풍부하지 못해 모든 것이 그저 내 영혼 앞에서 스치듯 어른거리기만 할 뿐 그 윤곽조차 그릴 수가 없다네. 그러나 점토나 밀랍이 있다면 뭔가 만들어낼 자신은 있지. 지금 같은 상태가 계속된다면 점토를 주물럭거리다 고작 케이크나 만들지도 모르겠네!

로테의 초상화를 그리려고 세 번이나 시도했지만 번번이 실패하고 말았어. 지난번엔 꽤나 그럴듯하게 그린 터라 더 화가 치밀더군. 지금은 그녀의 실루엣을 그리며 만족할 수밖에 없네.

7월 26일

사랑하는 나의 로테여, 내가 모든 것을 알아서 잘 처리할 테니 부디 더 많은 일을 더욱 자주 맡겨주세요. 그런데 부탁이 하나 있습니다. 나에게 보내는 편지의 잉크를 말리려고 모래를 뿌리진 마세요. 당신의 편지를 입술에 대었더니 모래가 입 안에 들어와 까끌까끌하더군요.

7월 26일

로테를 너무 자주 만나지 말아야겠다고 벌써 몇 번이나 다짐했네. 하지만 누가 그걸 지킬 수 있겠나? 번번이 실패하고 또 맹세하기를 반복한다네. 내일은 찾아가지 않겠어, 라고 말이야. 물론 아침이 되면 억누를 수 없는 이유를 찾아내서 어느새 그녀 곁에 있다네. 전날 밤에 로테가 "내일도 오시나요?"라고 묻는다면 어떻게 안 갈 수 있겠나? 혹은 그녀가 부탁한 일이 있다면 당연히 직접 가서 알려줘야지.

하루는 날씨가 굉장히 좋아서 발하임에 나갔는데, 생각해보니 로테의 집까지 겨우 30분 거리 아니겠나! 나는 이미 분위기에 젖어들어 눈 깜짝할 사이 로테의 집에 있는 걸세. 할머니가 자철 광산 이야기를 들려주곤 했지. 배가 자철 광산 가까이 가면 철로 만든 모든 것, 심지어 못까지도 자철 광산으로 딸려가는 바람에 불쌍한 뱃사람들은 물에 빠진 채 이리저리 흩어진 널빤지를 붙잡고 허우적거린다는 걸세.

7월 30일

알베르트가 돌아왔으니 이제 나는 떠나야 하네. 그가 아무리 훌륭하고 기품 있는 인물이라 해도, 내가 모든 면에서 그에게 뒤처진다 해도, 그가 그토록 완벽한 여인을 소유한 모습을 보는 건 참을 수가 없어. 소유!

그래, 빌헬름, 그녀의 약혼자가 온 걸세! 누구에게나 호감을 살 만큼 매력적이고 멋진 사내라네. 다행히 나는 그들이 재회할 때 함께 있지 않았어. 그랬다면 내 가슴이 찢어졌겠지. 그는 참된 신사여서 내 앞에서는 로테에게 키스한 적이 한 번도 없다네. 신도 그를 칭찬할 테지. 로테를 대하는 걸 보면 나도 그를 존중할 수밖에 없어.

그는 나에게도 호의를 베풀지만, 추측컨대 진심에서 우러난 행동이라기보다 로테가 그렇게 하라고 귀띔했기 때문일 거야. 여자들은 섬세하니까 그런 것에 능숙하지. 한 여자를 사모하는 두 남자가 잘 지내도록 중심에서 여자가 잘 조율한다면 이득을 보는 쪽은 늘 여자니까. 물론 실패할 때도 많지만 말이야.

어쨌든 나는 알베르트를 존경하네. 겉으로 드러나는 침착함이 숨길 수 없는 나의 불안정함과 뚜렷한 대조를 이루거든. 그는 감수성이 풍부하고 로테가 특별하다는 사실도 잘 알고 있지. 화내는 일도 거의 없고 말이야. 내가 그 무엇보다도 인간의 불쾌한 감정을 싫어하며 죄악이라고까지 칭한다는 걸 자네는 잘 알겠지.

그는 내가 상식 있고 바른 사람이라 생각하는 모양이야. 로테를 향한 나의 충성 어린 애정, 그녀의 일거수일투족을 보며 내가 느끼는 따스한 기쁨을 아는 알베르트는 더욱 큰 승리감을 만끽하며 그녀를 더 깊이 사랑하는 걸세. 혹시나 그가 작은 질투심으로 로테를 괴롭히지는 않을까 하는 걱정은 무시하기로 했네. 내가 알베르트 입장이라면 나 또한 질투라는 악마의 포로가 되지 않을 자신이 없으니까 말이야.

이런저런 일이야 어찌되었든 로테 곁에 머물 수 있다는 나의 기쁨이 사라져버렸다네. 이것은 어리석은 짓일까, 아니면 그저 내가 눈이 멀었을 뿐일까? 뭐라 이름 붙이든 상관없네! 그 사실이 중요하니까.

나는 내가 지금 아는 모든 일을 알베르트가 돌아오기 전부터 이미 알고 있었네. 로테에게 아무런 요구도 해서는 안 된다는 사실을 알았고, 실제로 아무런 요구도 하지 않았어. 그토록 사랑스러운 이를 앞에 두고 욕심내지 않을 수 있었다는 말일세. 지금 그 멍청이는 다른 남자가 나타나 그녀를 빼앗아가는 모습을 두 눈만 휘둥그레 뜬 채 지켜보고 있네.

나는 이를 악물고 내 불행을 비웃는다네. 하지만 나에게 단념하라, 애초에 가망이 없었다 말하는 자들을 그보다 몇 배는 더 비웃겠네. 그런 자들은 내 앞에서 사라지길! 숲 속을 이리저리 돌아다니다 로테의 집에 가면 정원의 정자 그늘 아래에서 알베르트가 그녀 곁에 앉아 있지. 나는 어찌할 줄을 모르다가 일부러 유치하고 어리석은 장난을 걸어 소란스럽게 하는 걸세.

오늘은 로테가 말하더군. "제발 어제 저녁때 같은 행동은 하지 마세요. 그렇게 제멋대로 행동하시면 불쾌합니다."

자네니까 하는 말인데, 이제는 알베르트가 일을 보

느라 바쁜 틈을 타서 그녀에게 간다네. 휴, 그녀가 혼자 있는 걸 발견하면 기분이 좋아진다네.

8월 8일

친애하는 빌헬름, 피할 수 없는 운명을 얌전히 따르라고 하는 자들을 비웃어주겠다 말한 것은 자네를 겨냥한 게 아니니 화내지 말게. 자네가 그런 생각을 할 줄 정말 몰랐어. 사실 자네 말이 근본적으로 옳아. 다만 한 가지 말하고 싶네. 살다 보면 이것 아니면 저것으로 정확히 나누어지는 일이 정말 드물다네. 인간의 감정과 행동 양식은 저마다 다양하니까. 매부리코와 납작코 사이에 여러 변화 단계가 있듯이 말이야.

내가 자네 의견에 전적으로 동의하면서 여전히 이것과 저것 사이로 몰래 빠져나가려 하더라도 나쁘게 생각하지 말게. 자네 말인즉 내가 로테를 차지할 희망이 있느냐 없느냐 따지라는 것 아닌가. 희망이 있다면 끝까지 내 의지를 밀고 나가 쟁취하고, 그렇지 않다면 용기를 내서 온 힘을 앗아가는 이 비참한 감정을 벗어나라는 말이지? 내 친구여, 정말 맞는 말이네. 하지만 말이 쉬울 뿐이지.

불치병에 걸려 하루하루 죽음에 가까워지는 이에게 차라리 단도를 꽂아 고통에서 단번에 도망치라고 말할 수 있겠나? 온몸의 힘을 모조리 앗아가는 병이 거기에서 벗어날 용기마저 없애버린 것은 아닐까?

자네는 비슷한 예를 들어 반격하겠지. 겁먹고 주저하다가 목숨이 위험해지느니 곪아버린 팔을 잘라내는 편이 낫다고 말이야. 나도 모르겠네! 서로 비유를 대며 싸우는 짓은 이제 충분하니 그만 하세. 빌헬름, 내게는 가끔, 아주 잠깐이지만 모든 것을 털어버리고 뛰쳐나갈 용기가 생긴다네. 내가 어디로 가야 할지 깨닫는다면 주저 없이 걸음을 옮기지 않겠나.

8월 8일 저녁

그동안 거들떠보지도 않던 일기장을 오랜만에 꺼내 들었네. 지난 일기를 다시 읽어보고 적이 놀랐다네. 스스로 의식했으면서도 상황이 이렇게 될 때까지 한 발짝씩 걸어 들어왔다는 사실에. 내가 처한 상황을 정확히 파악하고도 어떻게 그렇게 어린아이처럼 굴었는지! 지금도 분명히 알고 있지만 상황이 나아질 기미가 보이지 않는군.

8월 10일

내가 이렇게 어리석지만 않았어도 행복하고 멋지게 살았을 텐데. 지금의 나만큼 한 인간의 영혼이 행복해지는 상황을 만나기도 어려운 일이지. 우리 마음은 스스로 행복을 만들어내는 존재임이 틀림없네.

단란한 가정의 식구가 되고, 노인들에게 마치 아들처럼 사랑받고, 아이들에게 아버지처럼 존경받고, 그리고 로테에게 사랑받기란! 우직한 알베르트 또한 내 행복을 방해하려고 괴팍한 심술을 부리는 짓 따위는 하지 않는다네. 진심 어린 우정으로 나를 대하지. 그는 나를 이 세상에서 로테 다음으로 좋아한다네!

빌헬름. 우리가 산책하며 로테에 대해 이야기하는 걸 듣는다면 참 재미있을 거야. 이 세상에 우리 둘의 관계만큼 우스운 게 또 어디 있겠나. 그걸 생각하면 눈물이 고이곤 하지.

알베르트가 로테의 훌륭한 어머니에 대해 들려준

적이 있다네. 임종하는 순간 로테에게 집안일과 동생들을 잘 부탁한다고 했다더군. 알베르트에게는 로테를 보살펴달라 당부했고. 그때부터 로테는 다른 사람이 되었다는 거야. 진짜 어머니처럼 온 정성을 다해 집안일을 돌보고 동생들에게 애정을 쏟고 열심히 일하면서도 밝고 명랑한 모습을 잃지 않았지.

나는 그와 걷다가 길에 핀 꽃을 몇 송이 꺾어 정성스럽게 꽃다발을 만든 뒤 흐르는 강물에 던지고는 물결 따라 흘러가는 모습을 바라보았어. 내가 이미 말했는지 모르겠지만 알베르트는 여기 살면서 궁정의 관직에 오를 모양이야. 급여도 상당하고 궁정 사람들도 알베르트를 좋아하는 것 같더군. 그처럼 유능하고 부지런한 사람은 정말 드물다네.

8월 12일

확신하건대 알베르트는 이 하늘 아래 가장 좋은 사람이야. 하지만 어제 그와 함께 있을 때 대단한 사건을 겪었네. 작별 인사를 하러 그를 찾아갔어. 갑자기 말을 달려 산에 오르고 싶어졌거든. 사실 이 편지도 산에서 쓰는 걸세. 아무튼 그의 방을 이리저리 둘러보는데 그의 권총이 눈에 띄더군.

그에게 물었지. "이 권총 좀 빌려주실 수 있나요? 여행에 필요할 것 같아서 말입니다."

그가 흔쾌히 대답했어. "그렇게 하세요. 다만 총알은 직접 장전해야 합니다. 우리 집에는 그저 장식용으로 걸어뒀을 뿐이거든요." 내가 권총 한 자루를 꺼내어 내리는 동안 그가 말을 이었네. "걱정이 앞서서 어리석은 실수를 하고 난 뒤로 총에 손대고 싶지 않더군요." 나는 대체 무슨 일이 있었는지 호기심이 일었다네. 그가 설명을 이어갔어. "시골 친구 집에서 석 달 정도 지냈는데, 그때 장전되지 않은 소형 권총 두어 자루를 가지고 있었어요. 안심하고 잘 잤지요. 어느 비 내리는 오후에 그저 멍하니 앉아 있는데 문득 이런 생각이 들더군요. 혹시 누가 이 집을 습격하면 권총이 필요하겠구나. 어떤 느낌인지 알겠지요? 아무튼 하인에게 권총을 손질하여 장전해놓으라고 일렀습니다. 그런데 그 하인이 하녀들과 장난치다 놀래주려고 권총을 겨누었는데, 아뿔싸! 진짜로 발사되었지 뭡니까. 총에는 아직 청소용 꽃을대가 꽂혀 있었는데 그 꽃을대가 발사되어 한 하녀의 오른손으로 곧장 날아갔고, 그녀의 엄지손가락이 처참하게 찢어 졌어요. 여기저기서 비명이 터지고 저는 치료비를 지불했지요. 그 후로 모든 총기는 장전하지 않기로 했어요. 친구여, 조심하는 게 다 무슨 소용입니까? 위험은 예측할 수 없습니다. 그러니까…."

자네도 알다시피 나는 알베르트를 참 좋아하지만 그가 '그러니까'라는 말을 꺼내면 이야기가 달라진다네. 어떤 일이든 예외는 존재하는 법 아닌가? 그는 지나치게 정확한 사람이라네. 그래서 자신이 성급하게 판단했거나 일반적인 발언을 했거나 불확실한 말을 했다고 생각하면, 그 말을 한정 짓고 바꾸고 변명하여 마치 아무 말도 하지 않은 것처럼 굴지.

그 말을 시작으로 알베르트가 주제를 더욱 파고들기에 나는 더 이상 귀를 기울이지 않았어. 대신 망상에 빠져서 갑작스럽게 총구를 내 오른쪽 눈 위 이마에 갖다댔지.

"이런!" 알베르트가 소리치더니 권총을 빼앗더군.

"무슨 짓입니까?"

"어차피 총알도 없잖아요."

그가 안절부절못하며 말을 받았어. "총알이 없더라도 그게 무슨 짓이에요? 자기를 쏘는 어리석은 사람들을 정말 이해할 수 없어요. 그런 충동적인 행동은 혐오스럽단 말입니다."

"당신 같은 사람들은 무언가에 대해 말할 때 꼭 어리석다거나 현명하다거나 혹은 좋다, 나쁘다 식으로 이야기하지 않으면 입에 가시가 돋는 모양인데, 그게 무슨 의미가 있나요? 그렇게 하면 어떤 행동의 내면을 다 파악할 수 있습니까? 어떤 일이 왜 일어났고, 왜 그런 일이 일어나야만 했는지 정확한 원인을 알 수 있습니까? 만약 그렇다면 당신 같은 사람들도 그처럼 성급하게 판단하지는 않겠지요."

알베르트가 조용히 대답했네. "당신도 인정하겠지만, 동기야 어떻든 그 결과는 악행으로 남는 행동들이 있습니다."

나는 어깨를 으쓱해 보이며 맞섰지. "하지만 그런 일에도 예외는 있지요. 도둑질이 죄악이라는 건 사실이죠. 하지만 굶어죽기 직전인 자신과 가족들을 구하기 위해 도둑질을 했다면 그는 동정을 받을까요, 벌을 받을까요? 부정한 아내와 그 상대를 죽인 남편에게 돌을 던질 수 있습니까? 걷잡을 수 없는 사랑의 기쁨에 빠져 환락의 시간을 보낸 소녀는 어떤가요? 속 좁은 냉혈한 같은 우리 법률마저 감동하여 형벌을 내리지 않겠지요."

"그건 완전히 다른 문제입니다." 알베르트가 냉정하게 덧붙였네. "격정에 사로잡힌 사람은 술 취한 사람이나 미친 사람처럼 이성을 잃은 상태이기 때문이지요."

나는 미소를 띠며 말을 받았지. "아, 이성적인 사람들이란! 격정! 술 취한 사람! 미친 사람! 당신들은 그렇게 말하며 자리에 앉아 방관할 뿐이지요. 당신네 도덕군자들은 술 취한 사람을 욕하고 미친 사람을 꺼리며 마치 성직자처럼 그들을 지나쳐 가서는, 예수가 위선자라 부른 바리새인처럼 신에게 감사하겠지요. 신이 당신들을 앞에서 언급한 사람들 가운데 하나로 만들지 않은 것에 대해서 말입니다. 나는 이미 몇 번이나 술에 취했고 내 열정은 광기와 종이 한 장 차이죠. 나는 어느 것도 후회하지 않습니다. 예전부터 위대한 일, 불가능해 보이는 일을 이루어낸 위인은 모두 주정 뱅이나 미치광이 소리를 들었다는 사실을 아니까요. 자유롭고 고귀하고 아무도 예상하지 못한 일을 이루 려는 사람에게 그는 미쳤어, 제 정신이 아니야 따위의 말을 하는 게 정상이라니 정말 참을 수 없는 노릇입 니다. 소위 깨어 있는 당신네들, 부끄러운 줄 아세요! 현명한 당신네들, 부끄러운 줄 아세요!"

알베르트가 입을 열었네. "그것 또한 당신의 과도 한 망상입니다. 당신은 모든 걸 과장하는 경향이 있 어요. 적어도 이번에는 당신이 틀렸어요. 우리가 이 야기하는 것은 자살인데 당신은 지금 자살을 위대한 업적과 비교하고 있잖아요. 자살은 그저 나약함일 뿐 입니다. 고통스러운 삶을 견뎌내기보다 죽는 편이 쉽 기 때문이지요."

나는 이쯤에서 대화를 마치려고 했네. 나는 진심을 다해 말하는데 상대방은 의미 없고 상투적인 말만 해 대는 논쟁은 질색이거든.

다행히 나는 평정을 되찾았어. 알베르트의 그런 말은 이미 여러 번 들었고 나도 그만큼 화낸 적이 있으니까 말이야. 그래서 조금 밝은 목소리로 대답했네. "나약함이라고 하셨나요? 겉모습만 보고 오해하지 마시기 바랍니다. 폭군의 악랄한 정치에 한숨 짓는 시민들이 마침내 들고 일어나서 자신을 속박해온 사슬을 끊어버린 행동이 나약함입니까? 집에 불이 나자 갑자기 힘이 솟아 평상시에는 움직일 수조차 없는 물건을 번쩍 들어 올린 사람이나 모욕적인 언사에 화가 나서 여섯 명을 때려눕힌 사람도 나약합니까? 저항이 강함이라면 더욱 격렬한 저항은 왜 나약함이 되어야 합니까?"

알베르트는 나를 바라보더니 타이르듯 말했어. "기분 나쁘게 듣지 마세요. 당신이 지금 든 예시들은 주제에 적합하지 않군요."

이번엔 내 차례였지. "그럴지도 모르죠. 그런 비난은 자주 들었습니다. 내 생각이 엉뚱하다고 말이죠. 그렇다면 편안히 머무를 수 있는 삶의 짐을 벗어던지려고 결심한 사람이 어떤 심정일지 다른 관점에서 생각해봅시다. 어떤 일에 공감할 수 있어야 그것에 대해 이야기할 자격이 있으니까요." 계속 말을 이었네. "인간의 본성이란 한계가 있어요. 기쁨, 슬픔, 고통을 어느 정도까지는 견딜 수 있지만 그 한도를 넘어가면 무너지고 말죠. 이건 인간이 약하거나 강한 문제가 아니라 정신적 혹은 육체적으로 자신이 겪는 고통을 얼마나 견딜 수 있느냐의 문제입니다. 스스로 목숨을 끊은 사람을 겁쟁이라고 부르는 건 악성 열병 때문에 죽은 사람을 겁쟁이라 부르는 것만큼 불합리하다는 겁니다."

"궤변입니다! 정말 얼토당토않은 말이군요!" 알베르트가 소리쳤네.

하지만 나는 꿋꿋하게 대답했지. "당신이 생각하는 만큼 엉뚱한 이야기는 아닙니다. 당신도 동의하겠지만 우리는 어떤 병을 죽을병이라고 부릅니다. 모든 기력을 앗아가고 아무런 약효도 없어 더 이상 회복이 불가능하며 정상적인 생활을 영위할 수 없도록 만드는 병이죠. 그럼 이것을 정신에 적용해봅시다. 편협한 사고에 갇힌 사람이 어떻게 자극받고 상상력에 묶여서 종국에는 끓어오른 격정 때문에 냉정한 사고력을 잃고 파멸하는지 생각해보자고요. 이 불행한 사람의 삶을 침착하고 이성적인 사람이 굽어보며 살피려 해도 헛수고일 뿐이죠. 병자의 침상 앞에 선 건강한 이가 병자에게 자기 힘을 나눠줄 수 없는 것과 마찬가지예요." 알베르트에게는 너무 보편적인 이야기일지도 모르겠다 싶어 얼마 전 스스로 물에 빠져 죽은 소녀의 이야기를 꺼냈지. "착한 소녀였어요. 소박한 가정에서 집안일을 도우며 자랐죠. 조금씩 돈을 모아서 장만한 나들이옷을 입고 친구들과 교외로 산책을 가거나 가끔 축제에 춤을 추러 가거나 동네 친구들과 남의 험담을 늘어놓으며 몇 시간이고 수다 떠는 걸 즐거워했어요. 그런데 이 소녀의 열정적인 성격이 더 큰 재미를 추구하게 됐죠. 주변 남자들이 추켜세우니까 더욱 심해졌고요. 그 전의 소소한 재미에 시들해질 때쯤 남자를 만났습니다. 여태껏 경험하지 못한 거부할 수 없는 감정에 휩싸여 그 남자에게 모든 희망을 걸고 현실을 잊어버린 겁니다. 그 남자 외에는 듣지도 않고 보지도 않고 느끼지도 않았죠. 오

로지 그 남자만 원했어요. 공허한 기쁨이나 허영심에
때 묻지 않은 터라 곧 한 가지 목적이 생겼지요. 바로
그 남자의 아내가 되는 것이었어요. 여태까지 그녀가
느껴보지 못한 모든 행복, 여태까지 그녀가 추구한
모든 즐거움을 그와 영원히 함께 하며 누리고 싶어진
겁니다. 그녀가 확신에 차서 자신의 모든 행복을 봉
인해버린 그의 약속, 그녀의 욕망에 박차를 가한 그
의 애무가 그녀의 영혼을 온통 사로잡았죠. 그녀는
황홀경에 빠져 온갖 환희를 예감하며 기대에 잔뜩 부
푼 마음으로 손을 뻗었어요. 자신의 모든 소망을 손
에 쥐려고 말이죠. 그런데 그 남자가 그녀를 떠난 겁
니다. 그녀는 옴짝달싹할 수 없이 넋을 잃고 나락에
섰습니다. 주변의 모든 것이 흐릿해졌죠. 아무런 희
망도, 위로도, 예감도 없이! 그 남자의 품에서만 자기
존재를 느꼈는데 그가 떠났으니까요. 눈앞에 펼쳐진
넓은 세계도, 상실감을 치유해줄 많은 사람도 보이
지 않았죠. 혼자가 되고 세상에서 버림받은 기분이었
습니다. 눈앞이 캄캄해지고 가슴이 미어진 나머지 죽
음 속에서 모든 고통을 잠재우기 위해 물 속으로 몸

을 던진 겁니다. 알베르트 씨, 대부분의 사람이 이런 일을 겪어요. 아까 이야기한 병자와 마찬가지 아닙니까? 서로 얽혀 싸우는 힘의 미로에서 인간의 본성이 출구를 찾지 못하면 결국 죽고 말죠. 이를 보고도 어리석은 소녀여, 시간을 두고 기다렸으면 절망도 사라지고 마음을 줄 남자도 다시 만났을 텐데, 라고 떠드는 자들은 부끄러운 줄 알아야 합니다. 열병에 걸린 자에게 어리석다 비웃으며 다시 기력을 회복하고 체액과 피가 요동칠 때까지 기다렸으면 죽지 않았을 텐데, 그랬으면 다 나아서 지금까지 살았을 텐데, 라고 말하는 것과 같아요."

알베르트는 이 비유도 납득하지 못한 듯 몇 가지 반론을 제기했네. 그러면서 이런 말도 남겼지. 내 말은 그저 무지한 소녀에 대한 이야기라고 말이야. 어떻게 그렇듯 이해력도 뛰어나고 아는 것도 많은 사람이 여러 가지 상황을 간과한 채 핵심을 파악하지 못하는 걸까?

결국 나는 소리치고 말았네. "친구여! 인간은 그저 인간이에요. 한 줌의 이성이 남아 있다고 해도 열정이 고조되어 한계점에 이르면 그마저 더욱 줄어들거나 아예 사라져버리죠. 더욱이… 아니, 다음에 이야기합시다."

그리고 모자를 집어들었네. 아아, 심장이 터져버릴 것 같았어. 우리는 서로를 이해하지 못한 채 헤어졌다네. 남을 이해하기란 정말 어려운 일이야.

8월 15일

이 세상에서 사랑만큼 인간에게 필요한 것은 없네. 로테를 보면 나를 잃지 않으려 한다는 사실을 알 수 있지. 아이들도 내가 매일 찾아와주기를 바란다네. 오늘은 로테의 피아노를 조율해주러 갔어. 그런데 아이들이 동화를 읽어달라고 조르는 통에 피아노는 건드리지도 못했네. 로테도 아이들과 놀아달라고 부탁하더군. 나는 저녁 빵을 잘라 나눠주었네. 아이들은 이제 내가 나눠주는 빵을 마치 로테가 나눠주는 것처럼 반기거든.

아이들에게 가장 자신 있는 동화를 들려주었네. 탑에 갇힌 공주가 천장에서 내려온 손들의 보살핌을 받

는 이야기였어. 나도 배운 게 많았네. 아이들이 어찌
나 이야기에 집중하던지. 중간에 이야기를 까먹으면
지어내서 들려주곤 하는데, 그러면 아이들이 곧바로
지난번이랑 다르다고 지적하는 걸세. 지금은 틀리지
않고 물 흐르듯 낭송하는 연습을 한다네.

한 가지 배운 점은 작가가 책을 재판하거나 개정판
을 낼 경우 그의 문학성은 성장했다 하더라도 책은
손상될 수밖에 없다는 거야. 독자는 첫인상을 중요시
하거든. 사람들은 아무리 신기한 일이라도 쉽게 받아
들이는 데다 그 인상이 뇌리에 박히면 잘 떨어지지
않으니까. 첫인상을 긁어내거나 망쳐버리려는 자는
지옥에나 떨어질 테지.

8월 18일

인간을 가장 행복하게 만드는 것이 불행의 근원도
된다는 것은 정해진 운명이란 말인가?

생동하는 자연에 대한 따스한 감정이 내 안에 충만
하여 더할 나위 없는 기쁨으로 주변을 낙원으로 만들
더니 이제는 나를 박해하는 고문자이자 고뇌하는 영

혼이 되어 내가 어디를 가든 따라다닌다네.

바위에 올라 강 건너 저편 언덕까지 이어진 비옥한 골짜기를 굽어보며 나를 둘러싼 자연이 싹트고 솟아나는 모습을 볼 때면, 그리고 산의 기슭부터 봉우리까지 아름드리나무들이 굽이굽이 펼쳐진 골짜기에 아름다운 숲의 그늘을 드리운 모습을 볼 때면, 서로 속닥이는 갈대 사이를 강물이 조용히 빠져나가는 모습과 그 위에 부드러운 저녁바람을 타고 흐르는 사랑스러운 구름이 비친 모습을 볼 때면, 숲 속의 활기찬 새소리와 수백만 파리 떼가 석양 속에서 열심히 춤추는 소리를 들을 때면 말이야.

태양의 마지막 빛줄기를 따라 풍뎅이가 붕붕대며 풀숲에서 탈출하고 그 윙윙거리는 소리와 움직임에 바닥을 내려다보면 내가 딛고 선 단단한 바위를 뒤덮은 이끼가 양분을 흡수하고 있었지. 메마른 모래언덕에서도 자라난 풀은 자연의 치열하고 신성한 생명력을 보여주었네.

이 모든 것을 내 뜨거운 가슴으로 받아들였고 넘칠 것만 같은 충만함에 마치 신이 된 듯한 기분에 빠졌다네. 그리고 무한한 세상의 장엄한 모습들이 내 영혼 안에서 활기차게 움직였어. 어마어마하게 높은 산들이 나를 둘러싸고 내 앞에는 깊은 연못이 있으며 거대한 폭포가 떨어지고 강물은 내 발 아래로 흘러가며 산과 들에는 메아리가 울려퍼졌지.

나는 땅속 깊은 곳에서 서로 어울려 작용하는 불가해한 힘을 보았네. 세상의 모든 창조물이 대지에서, 하늘 아래에서 꿈틀대는 걸세. 셀 수 없을 만큼 다양한 생명체가 함께 살아가는 거지.

그런데 인간은 작은 집에 모여 안락을 꾀하고 보금자리에 머물면서 세상을 지배하는 줄 알지! 가엾고 어리석은 자들! 인간이 만물을 사소하게 보는 이유는 그들이 미미한 존재이기 때문이지.

근접할 수 없는 산부터 아무도 밟지 못한 황야를 지나 미지의 바다 끝까지 영원한 창조물의 영혼이 가득 찼으며, 작은 먼지 한 톨에 이르기까지 그 영혼을 누리며 사는 모든 존재가 기뻐하는 걸세. 내 머리 위로 날아가는 두루미의 날개에 올라타 망망대해 건너편 해안으로 날아가고 싶은 열망이 얼마나 강렬하던지.

거품이 피어오르는 잔으로 끊임없이 요동치는 생명의 기쁨을 마시고 단 한 순간이라도 가슴속 작은 힘으로나마 만물이 자기 내면에서 또는 서로 한데 어우러져 내뿜는 행복을 한 방울이라도 느껴보고 싶었네.

친구여, 매 순간의 기억만이 나를 행복하게 한다네. 형언할 수 없는 욕망을 다시 불러일으키려는 노력 덕분에 내 영혼은 다시 힘을 얻는다네. 하지만 곧 나를 둘러싼 것들이 얼마나 불안정한지 한층 더 느낄 뿐이지.

내 영혼 앞에 드리워진 커튼을 걷어낸 기분이네. 영원한 삶의 무대는 내 앞에서 한껏 입을 벌린 무덤의 구렁텅이로 바뀌었지. 그런데도 이것을 존재한다고 할 수 있는가? 모든 것이 지나가도? 모든 것이 빠른 속도로 굴러가고 그 존재를 잠깐이나마 유지할 힘도 없이 폭풍우에 휩쓸려 떠내려가고 바위에 부딪쳐 산산조각 나도 말인가?

매 순간 자네는 일그러지고 자네의 주변 사람들이 무너지며, 매 순간 자네는 자신을 파괴하는 사람이 되고 또 그렇게 될 수밖에 없는 걸세.

우리에겐 그저 평화로운 산책이 수천 마리 불쌍한 벌레의 목숨을 앗아가는 행위라네. 한 걸음 뗄 때마다 개미들이 열심히 쌓아올린 삶의 터전을 부수어 그들의 작은 세계가 고통스러운 무덤이 되도록 짓밟지 않는가. 세상에 아주 가끔 일어나는 재앙, 이를테면 마을을 삼켜버린 홍수라든가 도시를 부숴버린 지진이 내 마음을 움직이는 게 아니야. 자연 만물의 내면에 잠재된 파괴적인 힘이 내 마음을 무너뜨리는 걸세. 그 힘이 자기 자신은 물론 이웃까지 유린하는 것이지.

나는 너무 두려워서 현기증이 난다네. 하늘과 땅과 나를 둘러싸고 움직이는 자연의 힘. 나는 모든 것을 영원히 집어삼키고 영원히 되새김질하는 괴물을 보고 있네.

8월 21일

마음이 착잡해지는 꿈에서 깬 아침이면 그녀를 향해 손을 뻗는다네. 헛된 일이지만 밤이면 내 침대에 그녀와 함께 있는 상상을 하며 행복한 꿈에 빠지지.

풀밭에 나란히 앉아 그녀의 손을 잡고 쉴 새 없이 키스를 퍼붓는 꿈 말이야. 여전히 몽롱한 채 그녀를 찾아 손을 더듬다 보면 퍼뜩 잠에서 깨는 걸세. 심장을 쥐어짠 듯 눈물이 폭포를 이루고 나는 절망에 빠져 깜깜한 미래를 생각하며 흐느낀다네.

8월 22일

정말 불행한 일이네, 빌헬름! 내 활동력은 불안한 게으름으로 퇴화했고, 이렇게 허송세월할 수는 없다고 생각하면서도 아무 일도 못 하겠으니 말일세. 이제 사고력도 없고 자연에 대한 감정도 없고 책은 구역질이 나서 들여다보지도 못하겠어. 자기 자신을 잃는 것은 모든 걸 잃는 거지. 자네니까 솔직히 하는 말인데, 때때로 하루 벌어 하루 먹고사는 사람이 되고 싶다네. 아침에 일어났을 때 하루의 목적과 그에 따른 의무감 그리고 희망을 가질 테니까.

서류 더미에 파묻힌 알베르트를 볼 때면 정말 부럽다네. 내가 그 자리에 앉을 수 있다면 얼마나 좋을까! 벌써 몇 번이나 자네와 장관에게 편지를 써서 공사관

자리를 부탁해볼까 생각했다네. 자네도 그런 자리라면 내가 거절당하지 않으리라 생각하겠지. 나도 그렇게 생각한다네. 꽤 오래전부터 장관은 나를 아껴주었고 어떤 관직이든 맡아서 일해보라고 권유하기도 했거든. 한순간은 진짜로 그렇게 할까 생각했어.

하지만 곧 떠오르는 이야기가 나를 막더군. 자유롭게 사는 게 따분해져서 인간이 안장과 고삐를 채우도록 내버려두었다가 몸이 망가질 정도로 혹사당한 말의 이야기 말이야.

내가 무엇을 해야 할지 모르겠군. 친구여! 내 상황이 바뀌기를 바라는 마음은 혹시 내면의 불쾌한 초조함 때문이 아닐까? 그 초조함이 어디든 나를 따라오는 것은 아닐까?

8월 28일

내가 병에 걸렸다면 그 병을 고쳐줄 사람은 바로 이들일세. 오늘은 내 생일인데 아침 일찍 알베르트가 보낸 소포를 받았다네. 상자를 열자마자 내가 로테의 집에 처음 갔을 때 그녀가 달고 있던 분홍빛 리

본이 눈에 들어오더군. 그녀에게 리본을 달라고 여러 번 졸랐지. 그리고 작은 문고본 두 권이 들어 있더군. 베트슈타인판 호메로스였어. 에르네스틴판 호메로스는 산책길에 들고 다니기 무거워서 갖고 싶던 책이야. 알겠지? 이렇게 그들은 내 소망을 먼저 알아채고 이루어버린다니까. 그리고 다른 어떤 선물보다 천 배는 값진 우정의 작은 호의를 보여주는 거야. 그저 비싸기만 한 선물은 보내는 사람의 허영심 아니겠나.

나는 몇 번이고 리본에 키스했네. 들이마시고 내쉬는 숨결마다 즐거운 기억을 떠올렸지. 얼마 되지 않는, 따스하고 행복하던, 이제 돌이킬 수 없는 날들을 말이야. 빌헬름, 하지만 나는 불평하지 않겠네. 인생의 꽃은 그저 지나가는 현상이니까! 흔적도 없이 사라져가는 게 얼마나 많은가. 소수만 열매를 맺고, 또 그중 소수의 열매만 잘 익어가지. 그럼에도 불구하고 아직 꽃은 많이 피었다네. 그럼에도 불구하고… 오, 내 친구여! 그 잘 익은 열매를 즐기지 않고 썩게 내버려둬도 괜찮은 걸까?

잘 지내게! 참 아름다운 여름일세. 나는 종종 로테

의 과수원에 있는 나무에 올라가 긴 장대로 높이 매달린 배를 딴다네. 로테는 내가 떨어뜨린 배를 주워 담지.

8월 30일

불행한 자여! 이런 머저리 같으니! 자기 자신을 속이고 있지는 않은가? 이 미쳐 날뛰는 끝없는 열정은 무엇인가? 이제 나에겐 그녀를 향한 기도 말고는 아무것도 없네. 내 상상력은 그녀의 모습만 그리고, 주위를 둘러싼 세상 속에서 오직 그녀만 본다네. 그렇게 행복에 찬 시간을 보내지. 그녀 생각을 뿌리쳐야만 할 때까지는!

아아, 빌헬름! 내 마음은 나를 어디까지 몰아내려는 걸까? 그녀 곁에 두세 시간 머물 때면 그녀의 모습, 그녀의 행동, 그녀의 고상한 말솜씨에 푹 빠져들었다가도 곧 모든 감각이 예민해지고 눈앞이 캄캄해진다네. 귀에는 더 이상 아무 소리도 들리지 않고 목구멍은 자객이 조르는 것처럼 꽉 막혀버리지. 내 심장은 억눌리는 감각을 풀어줄 공기를 찾아 세차게 뛰지만 더욱 혼란스러워질 뿐이라네. 빌헬름, 가끔은 내가 이 세상에 존재하는지조차 모르겠어!

서러움에 짓눌릴 때 로테가 자기 손에 내 중압감을 모두 쏟아내고 울라며 슬픈 위로를 해주기라도 하면 나는 그 자리를 뛰쳐나와 먼 들판을 헤맬 수밖에 없네. 가파른 산길을 기어올라 길도 없는 숲에서 덩굴을 헤치고 나아가다 상처를 입고 가시덤불에 살갗이 찢어져도 나는 기쁘다네. 마음만은 조금이라도, 아주 조금이라도 가벼워지니까.

그러다 돌아오는 길에 지치고 목이 말라 그 자리에 누워버리는 걸세. 보름달이 휘영청 뜬 밤일 때도 있어. 조용한 숲 속에서 상처 난 발바닥을 쉬려고 굽어 자란 나무에 걸터앉아 있다 보면 지친 몸이 노곤해져 달빛을 받으며 잠들곤 하지.

오, 빌헬름! 은둔자의 외로운 독방, 거친 옷, 가시 허리띠조차도 내가 겪는 고통에 비하면 행복이겠지. 잘 지내게! 이 괴로움의 끝에는 무덤밖에 없을 것 같네.

9월 3일

나는 떠나야 하네! 빌헬름, 정말 고마워. 내 흔들리는 결심을 자네가 굳게 잡아주었으니 말이야. 벌써 2주 전부터 그녀를 떠나겠다는 생각을 해왔네. 이제 가야 할 때지. 그녀는 지금 시내의 친구 집에서 지내고 있네. 그리고 알베르트는…. 어쨌든 이제 떠나야겠어!

9월 10일

이 밤에 무슨 일이 있었는지 아는가, 빌헬름! 이제 나는 모든 걸 극복했어. 다시는 그녀를 만나지 않을 걸세! 오, 자네 목을 끌어안고 눈물을 쏟으며 나를 괴롭히는 갖가지 감정의 소용돌이를 뱉어내고 싶네. 지금은 그저 여기 앉아 호흡을 가다듬으며 진정하고 있어. 내일 해가 뜨자마자 내 방 앞에 말을 대기시키라고 주문해두었네.

아, 그녀는 조용히 잠들었어. 나를 두번 다시 만날 수 없다는 건 꿈에도 생각을 못 하겠지. 두 시간이나 이야기를 나누었지만 마음을 굳게 먹고 내 계획을 발

설하지 않았거든. 참 좋은 대화였네!

알베르트가 저녁을 먹고 곧바로 로테와 정원에 나가겠노라 약속했네. 나는 아름드리 밤나무 아래 있는 언덕에 서서, 어쩌면 마지막일지도 모를 아름다운 계곡과 부드러운 강물 너머로 해가 지는 모습을 바라보았네. 그녀와 함께 이 자리에서 그 멋진 광경을 몇 번이고 바라보았는데, 그러나 지금은….

내가 좋아하던 가로수 길을 거닐어보았네. 로테를 알기 전부터 왠지 모르게 정감이 가서 자주 찾은 곳이야. 우리가 만난 지 얼마 후 둘 다 이곳을 좋아한다는 사실을 알고 매우 기뻐했지. 어떤 예술 작품에서도 이토록 낭만적인 장소는 보지 못했네.

밤나무 사이로 전망이 확 트였다네. 생각해보니 이미 이곳에 대해 여러 번 편지를 쓴 기억이 나는군. 저 끝자락까지 아름드리 너도밤나무가 숲을 이루어 길이 더욱 어두워지는데 그 끝에 비밀스러운 장소가 있네. 적막이 감도는 곳이지. 어느 날 해가 중천에 떴을 때 이곳을 발견하고 느낀 아늑함을 지금도 기억한다네. 나는 조용히 예감했지. 앞으로 내 환희와 고통의 무대가 될 곳이라고 말이야.

30분쯤 애달프고 달콤한 이별과 재회를 떠올리려니 두 사람이 테라스로 올라오는 소리가 들리더군. 그들에게 달려가 전율을 느끼며 그녀의 손에 키스했네. 덤불이 무성한 언덕 위로 달이 떠오를 때쯤 우리도 언덕에 올라섰어. 이런저런 이야기를 나누며 걷다 보니 어느새 어두운 정자에 이르렀지. 로테가 정자에 올라가 앉았고 알베르트는 그 옆에 자리했네.

나도 그 뒤를 따랐지. 하지만 왠지 불안해서 가만히 앉아 있을 수가 없더군. 자리에서 일어나 그녀 앞에서 이리저리 움직이다 다시 앉았네. 어쩐지 마음이 조마조마했네. 로테는 달빛의 아름다움을 감상하자고 손짓했어. 너도밤나무 숲 끝에 걸린 달이 대지를 비추었지. 성스러운 광경이었네. 어둠이 우리를 둘러쌌기에 달빛이 더욱 돋보였거든.

침묵이 감도는 중에 로테가 말문을 열었네. "달빛 아래서 산책할 때면 돌아가신 분들이 떠올라요. 죽음과 죽음 후의 미래도요." 그리고 무언가에 압도된 듯 말을 이었지. "우리도 곧 죽음을 맞겠죠! 베르테르 씨, 우리가 서로를 다시 찾을 수 있을까요? 다시 알아볼 수 있을까요? 어떻게 생각하세요? 그럴까요?"

나는 두 눈에 눈물이 고인 채 그녀의 손을 잡으며 대답했어. "로테, 우리는 다시 만날 겁니다! 이승에서나 저승에서나 다시 만날 거예요."

나는 더 이상 말을 잇지 못했네. 빌헬름, 이 슬픈 이별을 가슴에 묻고 있는데 그런 질문을 하다니!

그녀가 다시 입을 열었네. "제가 사랑했던, 돌아가신 그분들은 우리를 보고 있을까요? 우리가 언제 기뻐하는지, 따뜻한 마음으로 그들을 그리워하는지 느낄 수 있을까요? 오! 조용한 밤에 동생들과 함께 있다 보면 어머니가 떠올라요. 동생들은 어머니의 아이이며 어머니 곁에 모여 있던 것처럼 제 주변에 앉아 있거든요. 때로는 뜨거운 눈물을 흘리며 하늘을 바라보고 기도하기도 해요. 어머니가 돌아가실 때 제가 약속한 걸 잘 지키는 모습을 보셨으면 해서요. 동생들을 어머니처럼 돌보겠다는 약속이요. 그러다가 감정에 북받쳐 소리 내어 말하기도 하죠. 사랑하는 어머니, 혹시 제가 어머니처럼 좋은 엄마 노릇을 못 하더라도 용서해주세요. 아아! 그렇지만 저는 최선을 다하고 있어요. 아이들에게 옷을 입히고 밥을 먹이고…. 하지만 그보다 더욱 중요한 일은 아이들을 보살피고 사랑하는 것이죠. 그리운 어머니, 우리가 조화롭게 잘 지내는 모습을 본다면 신에게 따뜻한 감사를 보내시겠죠. 어머니는 마지막 순간에 쓴 눈물을 삼키며 아이들이 잘 지내기를 기도하셨으니까요."

빌헬름, 누가 그녀의 말을 옮길 수 있단 말인가! 차갑고 삭막한 문자로 어떻게 신성한 영혼의 꽃을 묘사할 수 있단 말인가!

알베르트가 부드럽게 그녀의 말을 막았네. "로테, 그런 생각을 너무 많이 하면 좋지 않아요. 당신이 그런 생각에 빠지기 쉽다는 건 잘 알지만…."

"오, 알베르트." 그녀가 말을 받았네. "아버지가 여행 중이던 어느 밤, 동생들을 재우고 당신과 나 그리고 어머니가 작은 테이블에 둘러앉아 나눈 이야기를 잊지 않았겠지요. 당신은 때때로 아주 좋은 책을 들고 왔지만 읽지는 않았죠. 어머니와의 대화에 더욱 사로잡혔을 테니까요. 어머니는 아름답고 상냥하고 활발하고 늘 무언가를 하는 분이었어요. 신은 제 눈물을 아시겠죠. 침대에 엎드려 어머니를 닮게 해달라고 기도했으니까요."

"로테!" 나는 무릎 꿇고 그녀의 손을 쥐었네. 두 눈에서는 쉴 새 없이 눈물이 흘렀지. "로테! 당신 곁에는 신의 은총과 어머니의 영혼이 함께 해요!"

그녀가 내 손을 꼭 맞잡으며 말했네. "베르테르 씨가 우리 어머니를 만났다면 당신도 그분이 얼마나 훌륭한지 느꼈을 겁니다."

나는 정말 몸 둘 바를 몰랐네. 이토록 대단하고 자랑스러운 칭찬은 여태까지 들은 일이 없거든.

로테가 계속 말을 이었네. "어머니는 아직 젊을 때 돌아가셨어요. 막냇동생이 6개월도 채 되기 전에요! 병세가 빠르게 악화됐거든요. 어머니는 조용히 순응하셨지만 아이들, 특히 막내를 생각하면 가슴 아파하셨어요. 돌아가시기 전에 저더러 아이들을 데려오라고 하셨죠. 동생들을 다 데리고 왔지만 어린아이들은 무슨 일이 벌어지는지 몰랐고 큰 아이들은 어찌할 바를 몰랐죠. 아이들이 침대를 에워싸고 서자 어머니는 양손을 들어 아이들을 위해 기도한 뒤 한 명씩 키스해주고 밖으로 내보내셨어요. 그리고 저에게 말씀하셨죠. 동생들에게 어머니 역할을 해달라고요. 저는 어머니 손을 잡았어요. 어머니는 저에게 많은 것을 약속해야 하는 일이란다, 얘야, 라고 하셨죠. 어머니의 마음과 어머니의 눈길을 지녀야 한다고요. 그러면서 저의 눈물을 볼 때마다 제 안에 이미 어머니의 마음과 눈길이 있는 걸 느꼈다고 하시더군요. 동생들과 아버지한테 충실하고 순종하는 여인이 되어야 한다고, 특히 아버지를 위로해드려야 한다고 말이에요. 어머니가 아버지를 찾았지만 아버지는 견디지 못할 슬픔으로 무너져내리는 모습을 보이지 않으려고 집을 비우셨어요. 알베르트, 당신은 방에 있었죠. 어머니는 누군가 움직이는 소리를 듣고는 누구인지 물어보셨어요. 그리고 당신을 부른 뒤 따뜻하고 편안한 눈길로 당신과 저를 번갈아 보면서 우리 둘이 행복해질 거라고 말씀하셨죠."

알베르트가 그녀의 목을 끌어안고 키스했네. "우리는 행복해요! 앞으로도 그럴 거고요!"

본디 점잖은 알베르트도 자제력을 잃었고 나도 마음의 평정을 잃었네.

그녀가 다시 입을 열었어. "베르테르 씨, 어머니는 돌아가셨답니다. 세상에! 인생에서 가장 사랑하는 사람을 잃으면 어떻게 될지 가끔 생각해봅니다. 가장 큰 상실감에 빠진 건 아이들이에요. 아이들은 그 후로도 얼마간 검은 옷을 입은 남자들이 엄마를 데려가버렸다며 슬퍼했죠." 그녀가 자리에서 일어섰고, 나는 퍼뜩 정신을 차리고 놀라서 앉은 채로 그녀의 손을 잡았지. 그녀가 조용히 말했어. "이제 늦었으니 돌아가요."

그녀가 손을 빼려고 했지만 나는 더욱 힘주어 잡았네. "우리는 다시 만날 겁니다. 서로를 찾을 것이고, 어떤 모습을 했든 서로를 알아볼 겁니다. 그럼 저는 이만." 말을 이어나갔지. "기꺼이 떠날 겁니다. 하지만 그게 영원한 이별이 된다면 견디지 못하겠죠. 잘 지내세요, 로테! 잘 지내요, 알베르트! 꼭 다시 만납시다."

"내일요?" 로테가 농담으로 덧붙였네.

내일이라! 그 낱말을 내가 어떻게 느꼈는지 아는
가! 그녀는 모르겠지. 내 손에서 자기 손을 빼냈으니
말이야. 두 사람은 가로수 길을 걸어갔고, 나는 가만
히 서서 그들이 달빛 아래 걸어가는 모습을 바라보았
네. 그리고 땅바닥에 엎드려 울다가 갑자기 일어나
언덕을 뛰어올랐어. 커다란 보리수나무 그늘 아래 정
원 문으로 향하는 로테의 하얀 옷이 어렴풋이 내려다
보였다네. 그쪽으로 팔을 뻗었지만 그녀의 모습은 곧
사라졌지.

2부

＊

1771년 10월 20일

　우리는 어제 이곳에 도착했네. 외교관은 몸이 조금
안 좋아서 며칠 안정을 취할 모양이야. 그 사람이 조
금만 덜 까다로워도 좋으련만. 하지만 나는 알고 있
네. 운명이 나에게 고된 시련을 주었다는 사실을. 기
운을 내야지! 마음이 가벼워야 뭐든지 견뎌낼 수 있

다네. 마음이 가벼워야 한다? 내가 이런 말을 쓰다니 웃음이 나오는군. 내 성격이 조금만 더 밝았다면 참 행복했을 텐데. 정말 우습지! 다른 사람들이 보잘것 없는 힘과 재능을 뽐내며 당당하게 내 앞을 활보하는데, 나는 내 힘과 재능을 의심하며 절망하다니.

신이여, 당신은 저에게 모든 걸 주셨죠. 그런데 어째서 그 절반을 다시 가져가지 않는 건가요? 어째서 그 대신 자신감과 만족감을 주지 않는 건가요?

참고 또 견뎌야 하네! 그러면 상황이 나아지겠지. 친구여, 자네 말이 맞아. 사람들 틈에서 매일 바쁘게 일하며 그들의 행동과 일하는 모양새를 관찰하니 나 자신과 제대로 마주할 수 있더군. 인간은 모든 것과 자신을, 그리고 자신과 모든 것을 비교하도록 만들어졌거든. 행복과 불행이 우리가 비교하는 대상에 따라 달라지는 이유지.

그런 의미에서 고독만큼 위험한 것도 없네. 우리의 상상력은 높은 곳을 향하려는 성향이 있으며 환상적인 그림이나 시문학을 보면 서열을 매기지. 그럴 때 자기 자신은 가장 아래쪽에 있고 다른 사람들은 훌륭하다고 생각하는 걸세. 다른 사람들은 모두 완벽한 것 같거든. 자연스러운 성향이야. 자신은 무언가 결여되었으며 나에게 없는 능력을 다른 사람은 지녔다고 생각하지. 게다가 내가 가진 능력도 다른 사람이 지닌 것처럼 생각하고 이상적인 행복까지 덧붙이는 걸세. 그런 식으로 완벽하게 행복한 인간이 탄생하지만 결국 우리가 만든 창조물에 불과하지.

반대로 자신의 나약함과 비참함을 그대로 짊어지고 꾸준히 나아가면 속도가 느리거나 역풍의 방해를 받아 남들보다 먼 길을 가더라도, 언젠가 다른 이들과 나란히 서거나 앞질렀을 때 진정한 자신감을 갖겠지.

11월 26일

이곳이 그럭저럭 괜찮다고 생각 중이네. 할 일이 많다는 게 가장 다행스러워. 그리고 다양한 사람을 만나다 보니 그들이 내 영혼에 화려한 연극을 보여주는 것 같네. C백작이라는 사람을 만났어. 식견이 넓으면서도 남들을 살필 줄 알고 마음이 따뜻한 사람이라 날이 갈수록 더 존경한다네. 그가 타인을 대하는 모습을 보면 우정과 사랑이 가득하다네.

　그가 부탁한 일을 처리해준 뒤로 친분을 쌓기 시작
했어. 그는 몇 마디 나누자마자 내가 자기와 잘 통한
다는 사실을, 다른 사람들에게 못 하는 이야기를 나
하곤 할 수 있다는 사실을 깨달았지. 나 또한 그가 나
에게 숨김없이 보여주는 태도를 얼마나 더 기쁘게 받
아들여야 할지 모를 지경이야. 이토록 진정하고 따뜻
한 친구를 만나기란 쉽지 않아. 더구나 그가 진심으
로 마음을 열고 나를 대하니 말이야.

　12월 24일

　외교관 때문에 정말 짜증이 나는군. 이미 예상한
일이야. 그렇게 답답한 자는 처음 봤네. 모든 일에 형
식을 강조하고 지나치게 사소한 일까지 따지는 게 마
치 깐깐한 노파 같아. 자기 자신부터 스스로 만족을
못 하니 남들도 곱게 보이지 않는 거겠지.

　나는 일을 간결하게 처리하고, 한 번 처리한 일은
그대로 두는 편이네. 그런데 외교관은 내 초안을 돌
려주면서 "좋은 초안입니다. 하지만 다시 한번 읽어

보세요. 더 알맞은 단어나 더 정확한 접속사가 있을 테니까요."라고 말하는 거야. 머리끝까지 화가 났네. '그리고' 같은 접속사가 빠지면 안 된다는 거야. 내 문장에 종종 등장하는 도치법도 그에겐 철천지원수나 다름없어. 모든 문장을 기본 형식에 맞게 쓰지 않으면 무슨 말인지조차 이해하지 못하는 모양이야. 이런 사람과 일해야 한다니 정말 슬플 따름일세.

C백작의 신뢰만이 유일한 위안일세. 최근에 그가 외교관의 느린 일처리와 까다로운 성향이 얼마나 마음에 안 드는지 솔직하게 털어놓더군. 그런 자는 주변 사람을 고생시킨다고 말이야. 그러면서 덧붙였어.

"하지만 체념하고 따라야. 산을 넘어가야 하는 여행자처럼 말일세. 산이 없다면 가는 길이 훨씬 편하고 짧겠지만 현실은 앞에 산이 버티고 있으니 넘어갈 수밖에."

외교관도 백작이 자기보다 나를 더 좋아하는 걸 느낀 모양이야. 마음이 상했는지 기회가 있을 때마다 백작 흉을 본다네. 나는 당연히 그 반대 입장을 취하고. 그러다 보니 상황이 점점 악화되는 거야. 어제는 몹시 화가 났네. 나까지 몰아서 흥을 보는 거야. 이런 일은 백작도 능히 할 수 있다면서, 일처리도 빠르고 글도 잘 쓰지만 기본 학식이 부족하다는 걸세. 문학가는 다 그렇다는 거야. 그러면서 '어때, 좀 찔리지 않나?' 하는 표정을 짓는 게 아니겠나.

하지만 나에게는 아무런 효과도 없는 말이었어. 나는 그런 식으로 생각하고 행동하는 인간을 무시할 뿐이니까. 결국 날카로운 말투로 되받아쳤네. 백작은 인성뿐 아니라 학식으로도 사람들의 존경을 받아 마땅한 사람이라고 말이야. 그리고 덧붙였네. "식견을 널리 펼쳐서 많은 사람에게 영향을 미치고, 일상도 중요시하는 사람은 백작님 말고 본 적이 없습니다." 이런 말을 해봐야 그가 이해할 리 만무했으므로 그의 헛소리를 더 듣다가 분통이 터지기 전에 자리를 떴네.

모두 자네들 책임이야. 자네들이 나에게 멍에를 씌우고 내 다양한 활동을 찬양했으니 말이야. 내 활동이라니! 감자를 심고 곡식을 팔러 말을 타고 시내에 나가는 상인이 나보다 훨씬 많은 일을 한다네. 그게 아니라면 지금 얽매어 있는 노예선에서 앞으로 10년을 더 일하겠어.

이곳에서 만나는 추악한 인간들의 따분함과 그들 사이에서 두드러지는 비참함! 서로 자기가 조금이라도 더 위로 올라가려는 출세욕에만 눈먼 사람들. 지독하고 궁색한 욕망을 숨김없이 드러내는 사람들. 예를 들어 한 여자가 자신의 귀족 혈통과 영토에 대해 이야기하면, 같잖은 가문과 영토를 자랑하고 다니는 어리석은 여자라고 생각하는 식이야. 더 웃기는 일은 그 여자가 이 근처 출신이며 서기관의 딸에 지나지 않는다는 걸세. 이렇듯 생각 없이 자기 명예를 더럽히는 자들을 이해하지 못하겠어.

친구여, 날이 갈수록 더욱 분명히 알게 되었는데, 자기 기준으로 남을 판단하는 건 어리석은 일이야. 이미 나 자신을 돌보는 것만도 벅차고 마음은 폭풍우가 휘몰아치듯 날뛰니 남들이 어떤 길을 가든 관여하고 싶지 않네. 남들도 나에게 참견하지 않기를 바랄 뿐이야.

가장 어이없는 것은 불쾌할 정도로 극명하게 나뉜 시민 계급이야. 계급 간의 차이가 필요하다는 사실은 나도 잘 알고 있네. 나부터 많은 이득을 본다는 사실도 알고 있지. 다만 세상을 살면서 아주 작은 행복이나 행운을 누릴 때 그것이 날 방해하는 일은 없었으면 할 뿐일세.

최근 산책길에서 B라는 여성을 만났네. 사랑스러운 아가씨야. 딱딱하고 격식 있는 생활을 하면서도 본성은 부드러운 사람이지. 이야기를 나눠보니 말이 잘 통해서 헤어질 때 집으로 찾아가도 되냐고 물었네. 그녀는 흔쾌히 허락했고, 나는 그녀를 만나러 갈 날을 손꼽아 기다렸지. 그녀는 이곳 출신이 아니라서 친척 아주머니 집에 머물고 있다더군.

그녀의 친척 아주머니는 나이가 많고 인상이 별로 좋지 않아. 하지만 나는 예의를 차리느라 많은 이야기를 나누었는데 30분쯤 지나니 사정을 대충 알겠더군. B가 나중에 들려준 말인데, 그 노부인은 나이 때문에 제대로 된 생활을 못 한다는 거야. 모아둔 재산도 없고 이해력도 떨어지는 데다 족보 외에는 내세울 게 없다는 걸세. 그녀를 지켜줄 거라고는 지금 유지하는 지위뿐이며 즐거움이라고는 위층 창문으로 지나다니는 사람들을 쳐다보는 일뿐이라네.

젊을 때는 미모가 상당해서 이 사람 저 사람 만나
며 변덕을 부리는 등 불쌍한 젊은이들을 괴롭혔다더
군. 그러다가 조금 철이 들고는 나이 많은 장교에게
순순히 시집갔는데, 그는 그럭저럭 괜찮게 벌면서 그
녀와 잘 살다가 죽었다네. 지금은 혈혈단신이라 조카
딸의 보살핌을 받으며 사는 모양이야.

1772년 1월 8일

머리에 온통 격식과 예식만 들어찬 자들은 도대체
뭐 하는 자들이란 말인가. 그들의 생각이란 어떻게
하면 조금이라도 더 상석에 앉을까 하는 것뿐 아니겠
나. 따로 해야 할 일이 많은데도 말이야. 그런 사람들
은 사소하고 성가신 일에만 신경 쓰느라 정작 중요한
일은 등한시하지. 지난주에는 썰매를 타러 갔는데 즐
거운 기분이 싹 가실 만한 사건이 있었네.

어리석은 자들은 지위고하가 실제로는 아무런 상
관이 없다는 사실을 몰라. 가장 높은 자리에 있다고
해서 가장 뛰어난 역할을 하는 게 아닌데 말이야! 얼

마나 많은 대신이 왕을 조종했고 또 얼마나 많은 비서관이 대신들을 조종했는가! 그럴 땐 누가 최고 권력자란 말인가? 내 생각에는 남들을 꿰뚫어보고 자신의 계획을 실행하는 데 모든 힘과 열정을 쏟을 역량과 야심이 있는 자가 아닐까 싶네.

1월 20일

사랑하는 로테여, 당신에게 꼭 이 편지를 쓰고 싶습니다. 저는 지금 농가의 작은 방에 있어요. 날씨가 고약해서 피신 중입니다. 슬픔이 가득한 보금자리였던 D에서 처음 만나는 사람들, 내 속내를 터놓지 못할 사람들 틈을 돌아다니다 보니 시간도 없고 마음의 여유도 없어 편지를 쓰지 못했어요.

그런데 지금 이 오두막에 홀로 갇혀 눈보라가 창문들 두드리는 소리를 들으니 당신이 가장 먼저 떠오르는군요. 이곳에 들어서자마자 당신의 모습이 떠오르고, 당신과의 추억이 나를 덮쳤어요. 오, 로테! 성스럽고 따스한 그대여! 당신과 처음 만나서 행복했던 순간을 생각해봅니다.

나의 로테여! 당신이 나를 보았을 때 나는 감정의 소용돌이에 빠졌습니다. 나의 영혼이 어찌나 갈증을 느꼈는지! 한 순간도 마음이 충만한 적이 없고 기쁜 적이 없습니다! 단 한 순간도! 그리고 아무것도 남지 않았습니다! 만화경을 들여다보는 것 같아요. 작은 사람들과 작은 말들이 이리저리 움직이고 나는 스스로에게 묻습니다. 혹시 착각이 아닐까 하고요.

나는 그들과 함께 움직이고. 아니 꼭두각시처럼 조종당하면서 때때로 옆에 있는 사람의 나무손을 잡았다가 깜짝 놀라 다시 뿌리치곤 합니다. 밤이면 다음 날 떠오를 아침 해를 즐기리라 결심하지만 막상 아침이 되면 침대에 그대로 누워 있곤 하죠. 또 낮이 되면 달빛을 즐기리라 소망하지만 막상 밤이 되면 오두막에 틀어박히죠. 왜 잠에서 깨고 왜 잠을 자러 가는지 솔직히 알 수가 없습니다.

내 삶을 움직이는 원동력이 사라졌습니다. 밤에도 나를 깨어 있게 하는, 아침이면 나를 깨우는 자극이 완전히 없어져버렸습니다.

이곳에서 여자를 만났습니다. B라는 아가씨예요.

로테여, 당신과 매우 닮은 사람입니다. 그런 일이 가능하다면 말이에요. 당신은 말하겠죠. "어머, 그런 말도 할 줄 아시는군요."라고요. 맞아요. 얼마 전부터 남들 칭찬을 잘하게 되었어요. 농담도 합니다. 여자들이 저만큼 칭찬을 잘하는 사람도 없을 거라더군요(저는 거짓말도 잘하죠. 덧붙이자면 당신도 알겠지만, 거짓말을 하지 않고서는 그만큼 남을 칭찬하지 못하니까요). 아무튼 B라는 아가씨 이야기를 하고 싶군요. 그녀는 감정이 아주 풍부한 사람입니다. 그녀의 파란 눈을 보면 알 수 있죠. 그녀는 진정으로 원하는 것을 하나도 이뤄주지 못하는 자신의 신분을 짐으로 여기고 있어요. 그녀는 번잡한 현실에서 벗어나고 싶어 하기 때문에 우리는 몇 시간이고 순수한 행복이 넘치는 전원 생활을 그려보곤 합니다.

아아! 물론 당신 생각도요. 그녀가 당신에게 얼마나 경의를 표했는지 모릅니다. 진심에서 우러나온 감정이죠. 당신 이야기를 듣고 싶어 하며, 또 당신을 좋아한답니다. 추억의 작은 방에서 당신의 발치께에 앉을 수만 있다면, 그리고 당신의 사랑스러운 동생들이 내 주변을 왁자지껄 뛰어다녔으면. 당신이 듣기에 아이들이 너무 시끄러워지면 제가 무서운 동화를 들려줘서 조용히 내 주변에 모여앉게 할 텐데.

눈에 뒤덮여 하얗게 빛나는 저편을 물들이며 태양이 지고 눈보라는 물러갔습니다. 그리고 저는… 또다시 나를 새장 안에 가두어야 합니다. 잘 지내세요! 알베르트가 곁에 있나요? 그는 어떻게 지냅니까? 신이여, 이런 걸 묻는 저를 용서하소서!

2월 8일

여드레가 넘도록 아주 지독한 날씨가 이어지고 있네. 나에게는 잘된 일이지. 이곳에 오래 머물면, 물론 날씨는 좋지 않지만, 그만큼 남들 때문에 기분 상하거나 상처받는 일도 없으니까. 비가 내려도, 눈보라가 쳐도, 칼바람이 불어도, 눈이 녹아 땅이 질척여도 좋다네. 바깥에 있는 것보다 집에 있는 편이 훨씬 낫지. 그 반대일지도 모르지만 아무렴 어때, 라고 생각하지. 눈을 떴을 때 날씨가 좋아 보이면 이렇게 외치고 만다네. 오늘도 그들은 하늘이 내린 은총을 서로 가지려고 안달하겠군!

그들은 무엇이 됐든 서로 차지하려고 혈안이지. 건
강, 명성, 기쁨, 오락 모두 다! 어리석음이나 무지,
무능 때문에 다투면서 말로는 좋은 의도에서 그런다
고들 하지. 무릎이라도 꿇고서 제발 자신을 파멸시키
는 짓은 그만두라고 빌고 싶을 지경이라네.

2월 17일

아무래도 외교관하고는 더 이상 일하지 못할 것 같
네. 정말 견딜 수 없는 사람이야. 그가 일하는 방식
이나 일을 대하는 태도가 마음에 안 들어서 몇 번 항
의하기도 했지만, 그냥 내 생각과 내 방식대로 해결
하기도 했거든. 당연히 그에게는 눈엣가시였을 테지.
결국 그가 나를 궁정에 보고한 모양이야. 장관에게
가벼운 질책을 받았지. 징계까지는 아니지만 어쨌든
질책은 질책이고 나는 일을 그만두기로 결심했네.

그러는 중에 장관의 개인 서신을 받았는데 그 고귀
하고 사려 깊은 마음에 무릎을 꿇고 말았어. 장관은
지나치게 감성적인 성향을 나무라더니 업무에서 보

여준 뛰어난 아이디어와 동료들에게 미친 좋은 영향
등을 칭찬하며 젊은 패기로 일을 관철해나가는 점을
높이 평가해주었네. 그런 장점을 버리지 말고 그저
조금 누그러뜨린 다음 내 능력을 진정으로 발휘하라
며 조언을 아끼지 않았지. 지금은 일주일 넘게 쉬며
마음을 가다듬고 용기를 되찾는 중이네. 마음의 안정
이란 매우 가치 있고 좋은 것이며 그 자체로 기쁨이
지. 사랑하는 친구여, 이 보석이 아름답고 값진 만큼
쉽게 부서지지 않았으면 하네.

2월 20일

내가 사랑하는 이들이여, 신이 은총을 베풀어 나에
겐 허락하지 않은 좋은 나날을 내려주시길.

저에게 거짓말을 해주셔서 감사합니다, 알베르트
씨. 당신과 로테의 결혼식 날짜가 언제일까 궁금했는
데 말입니다. 그날을 위해 예의를 차리려고 로테의
실루엣 그림을 벽에서 떼어 다른 서류 사이에 끼워둘
생각이었습니다. 당신들은 벌써 부부가 되었는데 그
그림은 여전히 벽에 걸려 있어요! 그래서 그냥 걸어

두려고 합니다. 안 될 것도 없죠. 저는 당신들과 함께 있습니다. 당신을 개의치 않고 로테의 마음속에 머물고 있죠. 나에게 주어진 그 두 번째 자리를 간절히 원하며 꼭 지킬 것입니다.

로테가 나를 잊는다면 나는 미치광이가 될지도 몰라요. 알베르트 씨, 내 생각 속에는 지옥이 있습니다. 잘 지내세요, 알베르트 씨! 그리고 하늘에서 내려온 천사여, 잘 지내세요! 잘 지내요, 로테!

3월 15일

정말 불쾌한 일이 있어서 이곳을 떠나려 하네. 분해서 이를 갈았네. 젠장! 이미 지나간 일이지만 어쨌든 다 자네들 책임이야. 나를 부추기고 재촉하고 괴롭혀서 내가 원하지도 않은 관직에 앉힌 건 자네들이니까. 이제 만족하는가? 자네 입으로 내 극단적인 생각이 모든 걸 망쳤다고 되풀이하기 전에 설명하겠네. 아주 솔직하고 간략하게, 마치 연대기를 쓰는 사람처럼 묘사하지.

C백작이 나를 각별히 아낀다는 사실은 모두가 알

고 있네. 자네한테도 이미 수백 번 이야기했지. 어제는 백작의 집에 식사 초대를 받았네. 마침 그 댁에서 연회가 있었는데 귀족층의 신사 숙녀가 모이는 자리라 나 같은 말단 관리가 함께 하리라고는 꿈에도 생각하지 못했어. 어쨌든 나는 백작과 식사한 뒤 넓은 홀을 왔다 갔다 하며 이야기를 나누는 중에 B대령이 와서 함께 담소를 나눴지. 그러다 보니 저녁 시간이 다가온 거야. 그때까지 나는 아무것도 몰랐네.

그런데 고고한 S부인이 남편과 함께 멍청하고 교활해 보이는 딸을 데리고 들어온 거야. 가슴이 납작하고 코르셋을 꽉 조여맨 아가씨였지. 세 사람은 홀에 들어오면서 조상 대대로 내려오는 고귀한 눈과 콧구멍을 자랑하듯 고개를 치켜든 거만한 모습을 보였고, 나는 그 태도가 불쾌하여 이쯤에서 돌아갈 생각이었네. 백작이 그들과 대화를 끝내길 기다렸지.

바로 그때 B아가씨가 들어온 걸세. 그녀를 보면 늘마음이 가벼워지기에 그녀의 의자 뒤에 서서 말을 걸었지. 그런데 조금 대화를 나누다 보니 그녀가 평상시와 다르게 머뭇거리며 당황하는 게 느껴졌네. 정말 의외였지. 그녀도 다른 사람들과 똑같은 건가, 라고 생각하니 마음이 터질 듯 답답해져서 그만 돌아가야지 하면서도 그냥 머물렀네. 그녀의 태도에 마음이 상했지만 일부러 그런 것은 아니라고 믿으며 곧 다정하게 대답해주리라 기대했기 때문이야. 뭐, 상상은 자유니까.

그러는 사이 사람들이 도착했네. 프란츠 1세 대관식 예복을 갖춰입은 F남작, 직책상 귀족인 궁정고문관 R과 그의 청각장애인 아내 등. 오래되어 해진 의복에 새 헝겊 조각을 덧댄 이상한 옷을 입고 온 J씨도 빠뜨릴 수 없지. 줄지어 도착하는 사람들 사이에서 몇몇 지인을 만나 인사를 건넸는데 모두가 말을 아끼더군. 나는 B양을 관찰하는 일에 집중했네.

그러느라 눈치 채지 못했는데, 홀 끝자락에 있던 부인들이 서로 속닥거리더니 곧 남자들에게도 퍼졌고, 결국 S부인이 백작에게 귀띔을 했는지(이 모든 건 나중에 B양이 설명해주었다네) 백작이 다가와 나를 창가로 데려가서 조심스럽게 말하는 거야.

"알고 있겠지만 관례라는 것이 아주 이상해서 말일

세. 이곳에 모인 사람들이 자네가 동석하는 걸 달가
워하지 않는 모양이야. 나는 상관없다네."

"백작님, 대단히 죄송합니다. 제 생각이 짧았습니
다. 제 결례를 용서하시리라 믿습니다. 사실 아까부
터 돌아가려던 참입니다. 그런데 호기심에 그만 계속
남아 있었습니다." 나는 웃음까지 지어 보이고는 허
리 숙여 인사했네.

백작이 내 손을 잡았는데 그걸로 그의 모든 감정이
느껴지더군. 나는 조용히 그 고귀한 사람들 틈을 빠
져나와서 이륜마차에 올라타고 M으로 향했네. 그곳
언덕에서 해가 지는 모습을 보며 호메로스의 감동적
인 구절을 읽었지. 오디세우스가 훌륭한 돼지치기에
게 대접받는 장면이었네. 정말 기분이 좋았어.

그리고 저녁을 먹으러 오두막에 돌아왔는데 거실
에는 아직 사람이 별로 없었네. 한쪽 구석에서 몇몇
이 테이블보를 벗겨놓고 주사위놀이를 하더군.

그때 단정하게 차려입은 아델린이 들어오더니 모
자를 벗다가 나를 발견했네. 내 쪽으로 와서 조용히
말을 꺼내더군.

"불쾌하시겠군요?"

"제가요?"

"백작이 당신을 모임에서 쫓아냈잖습니까?"

"대체 무슨 말도 안 되는 소리요?" 나는 말을 이어나갔어. "나는 그저 밖에 나와 시원한 공기를 쐬는 게 좋습니다."

"그렇군요. 당신이 대수롭지 않게 여기니 다행이에요. 다만 그 소문이 벌써 널리 퍼졌다는 사실이 유감이군요."

그제야 비로소 화가 났네. 백작의 집에서 다들 나를 쳐다본 게 그 이유였다니! 분노가 차올랐네.

오늘은 어딜 가나 나를 동정하는 사람들뿐이더군.

나를 시기하던 자들은 의기양양해서 말했지. "저 꼴을 좀 봐. 아는 게 조금 많다고 우쭐거리며 신분 차이는 극복할 수 있다더니."

온갖 험담이 난무했는데 마치 누군가 내 심장에 칼을 꽂는 느낌이었네. 남들이야 뭐라든지 그들의 자유라고 말하는 사람도 있겠지만, 무뢰한들이 남의 우위에 선 듯 이러쿵저러쿵 떠드는 모습을 참아내는 사람이 있다면 누군지 보고 싶군. 그 험담들이 전혀 근거 없는 이야기라면 그저 흘려버릴 수 있겠지만.

3월 16일

내 상황이 전부 안 좋게 돌아가고 있네. 오늘은 가로수 길에서 B양을 만났어. 나는 간밤에 있었던 일을 꼭 이야기하고 싶어 사람들을 조금 벗어났을 때 내 감정을 털어놓았네.

그녀가 다정하게 대답했어. "베르테르 씨, 제가 당황한 걸 그렇게 해석하시다니요. 제 마음을 잘 아시면서. 홀에 들어서서 선생님을 보자마자 얼마나 걱정했는지 몰라요. 어떤 일이 벌어질지 이미 예감했기 때문에 몇 번이고 선생님께 말을 하려고 했습니다. S부인과 T부인은 선생님이 계속 모임에 머문다면 남편과 함께 곧바로 돌아가겠다고 했거든요. 백작도 그들을 무시할 수 없을 테고요. 그런데 소문이 퍼진 거예요."

"그렇군요." 나는 충격을 감추고 수긍했지. 그 순간 어젯밤 아델린이 한 말이 끓어오르는 물처럼 내 혈관을 따라 질주했네.

"저도 얼마나 마음이 아팠는지 몰라요!" 그렇게 말하는 아름다운 여인의 눈에는 눈물이 가득했네.

나는 제정신을 잃고 그녀의 발치에 내 몸을 내던졌어. 그리고 소리쳤네. "자세히 말해주세요!"

눈물이 그녀의 뺨을 타고 흘렀네. 나는 완전히 무의식에 빠져 있었어. 그녀는 눈물을 닦았어. 눈물을 감추려고 하지도 않았지. 그리고 입을 열었어. "저희 친척 아주머니를 아시죠? 함께 이야기도 하셨잖아요. 아무튼 아주머니가 우리 사이를 단단히 오해하신 모양이에요. 베르테르 씨, 아주머니는 어제도 그리고 오늘 아침에도 선생님과 저의 교제에 대해 설교하셨어요. 저는 아주머니가 선생님을 매도하는 이야기를 듣고 있을 수밖에 없었답니다. 선생님 편을 들려고 했지만 하고 싶은 말의 반절도 꺼내지 못했어요."

그녀가 내뱉는 단어 하나하나가 칼이 되어 내 심장을 관통했네. 그 모든 일에 대해 나에게 아무 말도 하지 않는 게 자비라는 사실을 그녀는 모르고 있었지. 그녀는 덧붙여 말했네. 앞으로 내 험담이 더 퍼질 것이며, 그럴 줄 알았다면서 고소해할 사람들도 있을 거라고 말이야. 내가 거만하게 굴고 남을 무시하다가 벌을 받았다며 기뻐하리라고 말이야. 그 모든 이야기를, 빌헬름, 그녀는 진심으로 걱정하며 들려주었다네.

나는 절망에 빠졌고 지금도 머리끝까지 화가 났네. 이 일로 나를 야유하고 조롱하는 광경을 목격한다면 그자를 칼로 찔러버리겠어. 피를 보면 마음이 조금 나아지겠지. 아아, 이 답답한 가슴을 뚫기 위해 벌써 몇 번이고 칼을 쥐었네. 혈통이 좋은 말 이야기를 들은 적이 있어. 그 말은 지나치게 흥분하거나 위기에 처했다고 느끼면 본능적으로 혈관을 물어뜯어서 호흡을 가다듬는다더군. 나도 그러고 싶은 기분이야. 내 혈관을 찢어 영원한 자유를 얻고 싶네.

3월 24일

궁정에 사표를 냈네. 자네들에게 먼저 허락을 구하지 못한 점을 용서해주기 바라네. 이제 이곳을 떠나야만 해. 자네들은 이곳에 남으라고 하겠지. 우리 어머니한테는 완곡하게 잘 전해주게. 나도 나 자신을 어찌할 수 없으니 어머니한테 도움이 되지 못하더라도 이해해달라고 말이야. 어머니한테는 물론 슬픈 소식이겠지. 아들이 드디어 관료가 되는 발걸음을 떼고 외교관 곁에서 일하나 했는데 이렇듯 앞길이 막혀버려 왔던 길을 되돌아가야 하니까!

아무튼 이 일은 좋을 대로 생각하게. 내가 이곳에 머물러야만 한다고 생각해도 좋아. 어차피 나는 떠날 테니까. 자네들도 내가 어디로 갈지는 신경 쓰이겠지. 여기에 있는 공작이 나랑 일해보고 싶은 모양이야. 내 사의를 전해들더니 자신의 영지로 가서 아름다운 봄을 지내볼 생각이 없냐고 묻더군. 내가 하고 싶은 일을 마음껏 해도 된다고 약속해준 데다 서로 통하는 점도 많아서 모든 걸 내 운에 맡기고 그와 함께 떠나기로 했네.

4월 19일

〈추신〉

자네가 보내준 두 통의 편지. 고맙네. 궁정을 완전히 떠날 때까지 자네에게 쓴 편지를 그냥 보관만 하고 보내지는 않았네. 어머니가 장관한테 연락하여 내 계획에 차질이 생길까 봐 그랬네. 하지만 이제 모두 끝났네. 나는 해임되었어. 그동안 사람들이 장관에게 내 이야기를 어떻게 했는지, 장관이 나에게 어떤 편지를 썼는지까지는 자네들한테 말하지 않기로 했네. 자네들도 덩달아 슬픔에 빠질 테니까.

황태자께서 퇴직금으로 25두카텐을 주셨네. 함께 전해주신 글을 읽고 감격한 나머지 눈물을 흘렸어. 아무튼 그런 연유로 지난번에 내가 부탁한 돈을 어머니가 보내주실 필요는 없네.

5월 5일

내일이면 이곳을 떠난다네. 내가 태어난 곳이 10킬로미터 거리라 떠나는 길에 들러볼 생각이네. 행복하게 꿈꾸던 옛 기억을 떠올리고 싶어서 말이야. 아버지가 돌아가신 뒤 어머니가 내 손을 잡고 그 따뜻하고 정든 곳을 떠날 때 지나던 성문으로 들어갈 생각이네. 어머니는 당신의 슬픔을 그 도시에 두고 오셨지. 잘 있게, 빌헬름. 여행길에 다시 연락하겠네.

5월 9일

순례자가 경건하게 기도하며 성지순례를 하듯 고향 방문을 마쳤네. 생각지 못한 감정에 사로잡히고 말았어. 도시에서 S쪽으로 15분 정도 가면 큰 보리수나무 한 그루가 있는데 그곳에 마차를 세우고 잠시 내렸네. 마부 먼저 보내고 홀로 걷노라니 옛 기억이 새롭고도 생생하게 차오르더군.

그러다 보리수나무 아래에 서니 소년 시절 이곳을 목적지로 산책하던 기억이 떠오르더군. 어쩌면 이렇게 달라졌는지! 어릴 때는 아무것도 모르는 행복 속에서 미지의 세계를 갈망했는데. 미지의 세계로 나가면 무언가를 끊임없이 갈구하는 내 심장을 가득 채울 양식과 즐거움을 얻을 수 있으리라 꿈꿨던 걸세. 지금 그 미지의 세계에서 돌아온 참이지.

아, 친구여, 희망은 무너지고 계획은 물거품이 되어 버렸네. 내 앞에 우뚝 선 산을 바라보며 그 산과 내 소망을 얼마나 비교했는지 몰라. 몇 시간이고 앉아 먼곳을 갈망하는 동안 내 영혼은 두 눈에 부드럽게 스며드는 숲과 계곡에 빠져들곤 했지. 집에 돌아가야 할 시간이 되었건만 이 멋진 곳을 떠나기 싫었다네. 곧 시내에 가까워졌네. 오래되어 익숙한 집들은 인사하며 지나갔지만 새로 지은 집들은 마음에 들지 않더군. 다른 변화들도 마찬가지였네.

마침내 성문 안으로 들어섰고 예전의 나를 되찾은 기분이 들었어. 친구여, 더 이상 자세하게 설명하고 싶지 않네. 내 마음을 뒤흔든 그 감정을 묘사하면 단순해질 것 같아서 말이야.

우리가 예전에 살던 집 바로 옆에 있는 시장에 머물기로 결정했어. 여관으로 가는 길에 발견했는데, 어린 시절 성실한 노부인이 우리를 가둬두던 교실이 지금은 잡화점이 되었더군. 그 좁고 어두운 교실에서 느낀 불안, 눈물, 답답함, 걱정이 새삼 떠올랐네. 한 걸음 뗄 때마다 새로운 기억에 사로잡혔지.

성지를 찾은 순례자도 이렇게나 많은 종교적 기억을 되살리는 장소는 만나지 못할 거야. 그의 영혼이 이토록 신성한 감동으로 가득 차는 일도 없겠지.

하나만 더 이야기하겠네. 강을 따라 걸어 내려가니 예전에 자주 찾던 빈 터가 보이더군. 매우 익숙한 길이었어. 그 빈터에서는 친구들과 얄팍한 돌을 물에 던져서 물수제비뜨기를 연습했지. 때때로 물가에 다가가 강물을 들여다보던 기억이 생생하게 되살아났네. 이 강물이 대체 어디로 흘러가는지 무척이나 궁금하고 신기했지. 내 상상력은 이내 한계에 부딪혔지만 강물은 계속해서 흘렀어. 아주 먼 곳으로, 내 시선이 더 이상 닿지 않는 곳까지 말이야.

이보게, 친구여, 그렇게 제한된 세계에 살면서도 우리 조상들은 매우 행복하지 않았나! 그들의 감정과 문학이 얼마나 순수했는가! 오디세우스가 말한 무한한 바다와 끝없는 대지는 진실하고 인간적이고 간절하고 감격적이며 또한 신비로운 것이었네. 지금 우리가 사는 세계는 둥글다고 삼척동자도 다 알 법한 이야기를 한들 무슨 의미가 있겠나. 인간이 지상에서 살아가는 덴 아주 작은 땅만 있으면 되네. 땅에 묻혀 잠들기 위해서는 더 작은 땅만으로도 충분하지.

지금은 공작의 호화로운 사냥 별장에 있네. 공작하곤 잘 지내는 편이야. 솔직하고 꾸밈없는 사람이거든. 공작 주변에 별난 사람이 몇몇 있는데 나도 아직 파악하지 못했다네. 나쁜 사람들은 아니지만 그렇다고 신뢰할 만한 사람들도 아닌 것 같아. 이 사람들을 믿어도 되나 싶다가도 곧 그런 의문이 사라진다네. 유감인 점은 공작이 남에게 듣거나 책에서 읽은 이야기를 한다는 걸세. 다른 사람의 생각과 견해를 그대로 이야기하더군. 공작은 나의 지성과 재능을 나의 영혼보다 높이 평가한다네. 나의 영혼이야말로 유일한 자랑거리이자 모든 불행인데 말이야. 내 지식은 누구나 알 수 있는 것이지만 내 영혼은 나만의 것이지.

5월 25일

나에게 계획이 있었는데, 현실로 이루어질 때까지 자네들한테 말하지 않을 생각이었네. 그런데 수포로 돌아갔으니 아무려면 어떤가. 사실은 전쟁에 참전하려고 했네. 오래전부터 마음 깊이 생각해온 일이지. 공작을 따라 여기까지 온 이유이기도 하네. 그는 군대의 장군이기도 하거든. 산책길에 내 계획을 말했더니 그가 만류하며 설득하는 거야. 공작의 말에 금방 마음을 바꾼 걸 보니 내 열정은 그저 변덕이었나 보네.

6월 11일

자네가 뭐라고 하든 더 이상 이곳에 머무를 수가 없네. 여기서 무엇을 하겠나? 지루할 뿐이네. 공작은 나를 잘 살펴주지만 내가 할 일이 없어. 게다가 우린 근본적으로 공통점이 없네. 공작은 매우 일반적이고 평범한 지식인이야. 그와 이야기를 나누다 보면 그저 잘 쓰인 책을 읽는 기분이 들어. 이곳에서는 여드레 정도 더 머물고 다시 정처 없이 떠돌 생각이네.

여기서 가장 잘한 일은 그림을 그렸다는 걸세. 공작도 예술 감각이 있어. 천박한 학문의 본질이나 상투적인 전문 용어에 얽매이지 않았다면 그 감각을 더욱 키울 수 있었겠지. 가끔 그에게 자연과 예술에 대한 나의 열정 어린 상상력을 펼쳐 보일 때마다 이가 갈린다네. 그는 학술 용어 하나로 모든 것을 일반화하고, 또 그게 옳다고 믿거든.

6월 16일

그래, 나는 그저 이 땅을 떠도는 나그네, 한 명의 방랑객일세! 자네들은 나보다 나은 존재인가?

6월 16일

어디로 갈 생각이냐고? 자네니까 믿고 알려주지. 2주 정도는 여기 머물러야 하고 그 후에는 XX의 광산에 갈 생각이었는데, 그건 핑계일 뿐이고 사실은 로테와 가까운 곳으로 돌아갈까 하네. 내가 하고 싶은 건 그것뿐이야. 내 마음을 비웃으면서도 내 마음이 원하는 대로 움직이게 되는군.

7월 29일

아니, 다 좋네! 모든 게 완벽해! 내가 그녀의 남편이라면 말이야! 오오, 저를 만드신 신이시여, 당신이 그 기쁨을 저에게 주셨더라면 끊임없이 기도하는 삶을 보냈을 테지요. 당신께 항의하려는 것이 아닙니다. 그저 저의 눈물과 헛된 소망을 용서하소서.

그녀가 내 아내라면! 그 사랑스러운 여인을 햇살 아래서 내 품 안에 가둘 수 있다면. 빌헬름, 알베르트가 그녀의 가냘픈 몸을 껴안는 상상을 할 때마다 몸서리가 쳐진다네.

이런 말을 해도 될까? 뭐, 안 될 것 있겠나, 빌헬

름. 그녀는 알베르트가 아닌 나와 함께였더라면 더 행복해졌을 걸세! 알베르트는 그녀와 같은 것을 보고 느끼며 그녀의 감정을 충족시켜줄 남자가 아니야. 그의 감수성에는 결함 같은 게 있네. 이에 대해서는 자네 좋을 대로 생각하게나.

책을 펼쳐서 마음에 드는 구절을 읽을 때 나와 로테의 심장은 함께 벅차오르건만 그의 심장은 꿈쩍도 하지 않거든. 다른 상황에서도 나와 로테는 같은 감정을 느끼지만 알베르트는 다르다네. 친애하는 빌헬름! 하지만 그는 진심을 다해 로테를 사랑하며 그 사랑은 모든 면에서 보답받을 만하지.

원치 않은 손님이 찾아오는 바람에 이만 줄여야겠네. 내 눈물은 다 말라버렸어. 마음이 부산해지는군. 잘 지내게, 친구여!

8월 4일

불행한 사람은 나뿐이 아니라네. 사람은 누구나 희망에 속고 기대에 배신당하지. 보리수나무 아래에 사는 착한 여인을 찾아갔네. 큰아들이 소리치며 나를 반기자 그 반가운 소란에 어머니도 집에서 나왔는데 기운이 없어 보이더군. 그녀가 첫마디를 뗐네.

"선생님, 아아, 우리 한스가 죽었답니다." 한스는 그 집 막내아들이었어. 나는 할 말을 잃었네. 그녀가 말을 이었어. "남편은 스위스에서 돌아왔지만 빈손이었어요. 친절한 분들이 도와주지 않았다면 구걸을 하며 여행할 뻔했답니다. 오는 길에 열병을 앓았거든요."

나는 말문이 막혀 그저 아이에게 돈 몇 푼을 줬을 뿐이네. 그녀가 사과 두어 개를 내밀기에 받아 들고 그 슬픈 추억의 장소를 뒤로했네.

8월 21일

손바닥을 뒤집듯이 마음이 이리저리 바뀐다네. 때때로 인생의 즐거운 순간이 다시 빛을 발할 것 같은 느낌이 들기도 해. 아아! 아주 잠깐이라도 말이야. 이런 꿈속을 헤맬 때면 문득 정말 의도치 않게 떠오르는 생각이 있다네. 알베르트가 죽는다면 어떨까, 하는 생각 말이야. 그러면 나와 그녀는…. 이 망상을 끝까지 달려 심연 직전까지 갔다가 주춤하여 뒷걸음치고 말지.

성문을 지나 로테를 무도회에 데려가기 위해 처음 지나간 길을 다시 걸어보니 예전과는 완전히 달라졌더군. 모든 게 사라져버렸어! 과거의 한 장면은 자취도 없고, 그때 요동치던 내 심장도 이제는 느껴지지 않더군. 이곳은 전성기를 꽃피우던 영주가 죽기 직전 사랑하는 아들에게 희망으로 물려준 화려하고 아름다운 성이며, 나는 그곳을 떠도는 유령이 된 기분이야.

9월 3일

가끔은 어떻게 그녀가 다른 사람을 사랑할 수 있는지 이해하기 힘들다네. 나는 홀로 그녀를 그리워하며 마음 깊이 진심을 다해 사랑하는데 그녀는 다른 사람을 사랑하다니. 나는 오로지 그녀만 바라보고 나의 세상에는 그녀만 존재하는데 말일세.

9월 4일

시간은 흐르지. 자연이 가을로 접어들면 내 마음과 내 주변도 가을에 물든다네. 나의 잎은 노랗게 변했고 내 주변 나무들은 잎이 떨어졌어. 여기 온 지 얼마 안 되어 자네에게 농부 청년 이야기를 들려준 적이 있었지? 발하임에서 다시금 그의 소식을 물었더니 농장에서 쫓겨나 어디로 갔는지 아무도 모른다는 걸세. 그런데 어제 다른 마을로 가는 길에 그 청년을 만났지 뭔가. 말을 건네자 그에게 무슨 일이 있었는지 설명해주었네. 자네도 그 이야기를 들으면 내가 무척이나 감동한 이유를 금방 알아채겠지. 하지만 굳이 여기에 쓰지 않겠네.

나는 왜 나를 화나게 하고 아프게 하는 것들을 마음속에만 담아두지 못하는 걸까? 어째서 자네까지 슬프게 하려는 걸까? 나는 왜 늘 자네에게 나를 동정하고 책망할 기회를 주는 걸까? 그렇다면 이것도 내가 타고난 운명인가 보군!

그는 잔잔한 슬픔에 젖어 조금 망설이다 어렵게 입을 열었네. 하지만 곧 마음을 터놓고 마치 우리가 새삼 다시 만난 것처럼 자신의 잘못을 털어놓으며 불행을 하소연했어. 그의 이야기를 단어 하나 빠뜨리지 않고 모조리 적어 보내 자네의 판단을 듣고 싶군! 그가 고백했네. 아니, 오히려 행복하고 기쁜 일을 회상하듯 이야기를 풀어놓았네.

여주인에 대한 그의 열정은 나날이 뜨거워져 마침내 자신이 무엇을 하는지, 그의 표현에 의하면 머리를 어느 방향으로 돌려야 하는지도 모를 지경이 되었다는군. 그는 먹지도 마시지도 잠들지도 못하다 결국 목소리조차 나오지 않는 지경이 되었다네. 결국 해서는 안 될 일을 저지른 거지. 자신의 본분을 잊어버리고 악령이 들린 것처럼 어느 날 여주인을 따라 위층 방으로 올라갔다는 게 아닌가. 그녀에게 끌려가기라도 한 것처럼 말일세. 그리고 그의 간청을 들어주지 않자 힘으로 그녀를 정복하려 했다는군.

그는 어떻게 일이 그렇게 되었는지 자신도 모르겠다면서 신에게 맹세코 그녀를 향한 마음은 순수했다고 말했네. 또한 그녀에게 아무것도 바란 적이 없다고 말하며 그저 둘이 결혼하여 남은 생을 함께 보내주기를 원했다고 하더군. 그는 한참 쏟아내더니 아직 할 말이 더 있지만 마음 놓고 털어놔도 되는지 주저하는 것처럼 잠시 멈추었다가 머뭇거리면서도 말을 이었지. 여주인이 그에게 얼마쯤 자유를 주고 곁을 내주기도 했다는 걸세.

그는 두세 번 정도 말을 멈추더니 이윽고 항변하듯 덧붙였네. 그녀를 나쁘게 만들려는 의도가 아니며 여전히 여주인을 사랑하고 아낀다고. 이런 말을 털어놓은 상대는 나뿐이며 자신이 은혜도 모르는 배신자가 아니라는 사실을 알아달라고.

친구여, 여기서 내가 늘 입에 달고 사는 말을 또 해야겠네. 내 앞에 있던 그 청년을 자네 앞에도 세워보고 싶네. 그가 털어놓은 모든 말을 정확히 되풀이해서 내가 그의 운명에 대해 동정하는 심정을 자네도 똑같이 느꼈으면 하니까! 하지만 그러지 않겠네. 자네는 이미 내 운명에 대해서도, 나라는 인간에 대해서도 잘 아니까, 불행한 이들 중에서 유독 이 청년에게 마음이 끌린 이유도 잘 알겠지.

편지를 다시 읽어보니 이야기의 결말을 빠뜨렸군. 추측하기 쉬운 결말이긴 하지만 말이야. 여주인은 제 몸을 지키려 했으며 오빠인지 남동생인지를 불렀다고 하네. 그는 예전부터 청년을 싫어했는데, 여주인이 재혼하면 자기 자식들 몫으로 돌아갈 유산이 줄어

들까 봐 그랬다는군. 여주인에게 아이가 없으니까 유산을 노린 거야. 그는 청년을 당장 내쫓고 마을에 소문을 퍼뜨렸네. 여주인이 청년을 받아들이고 싶어도 이제 그럴 수가 없어져버린 거지. 그녀는 지금 다른 하인을 부리는데 마을 사람을 통해 듣자 하니 새로운 하인 때문에 남자 형제와 다시 사이가 멀어졌다더군. 사람들은 여주인이 새로운 하인과 결혼할 거라고 하는데, 청년은 무슨 일이 있어도 막겠다고 했네.

지금까지 들려준 이야기는 과장하지도 미화하지도 않았네. 굳이 말하자면 더 부드럽고 가볍게 이야기했네. 우리가 일상에서 흔히 쓰는 단어를 쓰다 보니 이야기가 조금 덜 다듬어진 느낌일세.

사랑, 정절, 열정은 문학적 창작물이 아니네. 살아 있는 존재지. 우리가 소위 못 배우고 상스럽다 부르는 사람들의 마음속에 완전한 순수함으로 자리 잡은 걸세. 우리 배웠다는 사람들은 사실 아는 게 아무것도 없네! 부탁이니 이 이야기를 경건한 마음으로 읽어주게. 이 이야기를 쓰다 보니 내 마음도 잔잔해지는군. 내 글씨를 보면 알겠지만 평상시와 달리 급하

게 갈겨쓰지 않았네. 친구여, 이 이야기를 읽으면서
그 주인공이 자네의 친구이기도 하다는 점을 생각하
게나. 그래, 맞아. 이건 나에게도 일어난 일이야. 그리
고 앞으로 나에게 일어날 일이지. 하지만 나는 그 가
여운 청년보다 용감하지도 않고 결단력이 있지도 않
다네. 비교하기조차 민망할 지경이지.

9월 5일

로테는 시골에 간 남편에게 편지를 썼네. 알베르트
가 일 때문에 시골에 갔거든. 편지는 이렇게 시작하네.

"사랑하는 여보, 가능한 한 빨리 돌아오세요. 기쁜
마음으로 기다리고 있겠어요."

그때 친구가 찾아와서 알베르트는 일 때문에 곧 돌
아오기 어렵다고 전했어. 편지가 그냥 놓여 있었기 때
문에 저녁때 내가 읽어본 걸세. 나는 편지를 읽고 미
소 지었네. 로테가 왜 웃느냐 묻더군.

"상상력이란 과연 신이 주신 선물이 틀림없군요.
잠시 나에게 보내는 편지라고 상상해봤습니다."

그녀가 갑자기 입을 다물었네. 그녀의 기분이 별로

좋아 보이지 않아서 나도 입을 다물었네.

9월 6일

결심하기까지 너무나 힘들었지만 마음을 굳게 먹고 로테와 처음 춤출 때 입은 파란색 연미복을 버릴 생각이네. 더 이상 입을 수가 없을 것 같아서 말이야. 대신 그 연미복과 옷깃이며 소매를 꼭 같게 만들어 달라고 새 옷을 주문해두었네. 조끼와 바지도 똑같이 노란색으로 주문했지. 그런데 새 옷을 입어도 예전의 기분을 느낄 수는 없군. 글쎄, 시간이 지나면 점점 이 옷이 좋아지지 않을까 싶네.

9월 12일

로테는 알베르트를 마중하러 가느라 며칠 여행길에 올랐네. 오늘 그녀를 찾아가니 나를 반겨주더군. 나는 기쁨을 주체하지 못하고 그녀의 손에 키스했네.

거울 위에 앉아 있던 카나리아가 날아와서 그녀의 어깨에 앉았네.

"새로운 친구예요." 로테가 새를 손바닥에 앉히며

말했네. "동생들 주려고 데려왔어요. 정말 귀엽죠! 보세요! 제가 빵조각을 주면 날개를 파닥이며 조심스럽게 쪼아 먹어요. 저에게 키스도 하죠. 보세요!"그녀가 입을 내밀자 새는 귀엽게도 그 달콤한 입술을 살짝 쪼았네. 행복을 느끼며 즐기는 듯 말일세. "선생님도 해보세요." 로테가 새를 넘겨주었네.

그녀의 입술에 닿았던 작은 부리가 내 입술에도 닿았지. 새 부리가 숨결 같은 감촉으로 내 입술을 쪼았고, 그 느낌은 사랑으로 가득 찬 환희였어.

내가 입을 열었지. "이 키스는 뭔가를 원하는 것 같군요. 먹이를 찾는 것 같아요. 이렇게 애교를 부려도 얻는 게 없으니 불만스럽게 돌아서는 느낌이군요."

"제가 입으로 먹이를 전해주기도 하거든요." 로테는 빵조각을 입에 물고 새에게 주었어. 로테의 입술은 순수한 애정에서 솟아나는 기쁨으로 물들었지.

나는 고개를 돌렸네. 그녀는 그러지 말았어야 했어. 그렇게 성스럽고 황홀한 순수함으로 내 상상력을 자극하지 말았어야 했네. 지루한 일상에 잠들어 버린 내 마음을 깨워서는 안 되었단 말일세! 사실 못 할 것

도 없지. 그만큼 나를 믿는다는 뜻이니까! 내가 얼마
나 사랑하는지 그녀도 아는 걸세!

9월 15일

빌헬름, 정말 미칠 듯이 화가 나네. 이 지구상에 소
수만 남은 유익한 존재들을 지각하지도 느끼지도 못
하는 자들이 존재한다는 사실 때문일세.

나와 로테가 다른 도시의 독실한 목사를 찾아갔을
때 보았던 호두나무를 기억하는가? 우리는 호두나무
그늘 아래 앉아 있었지. 그 멋들어진 호두나무는 헤
아릴 수 없는 기쁨으로 내 영혼을 충만하게 만든다
네. 호두나무 두 그루 덕에 교회 안뜰이 어찌나 아늑
하고 시원한 장소가 되었는지! 나뭇가지는 어찌나 멋
있게 뻗어 있는지! 호두나무를 떠올리면 오래전에 나
무를 심었을 성실한 목사에게까지 생각이 미친다네.
한 교사가 할아버지한테 전해들었다고 그 목사의 이
름을 말하며 훌륭한 분이었다고 덧붙였지. 나무 아래
에서 그를 추억하다 경건한 기분이 되었네.

어제 그 교사를 만났는데 호두나무가 잘렸다며 눈

물을 보이더군. 잘리다니! 미칠 듯이 화가 나서 처음으로 도끼질을 시작한 자를 죽이고 싶었네. 그 호두나무가 내 집 마당에서 자라다 나이가 들어 시들었다고 해도 슬픔에 빠졌을 텐데 그저 참아야 한다니. 친구여, 그래도 한 가지 통쾌한 일이 있네. 인간의 감정이란 참 이상하지. 사실은 온 마을 사람들이 불만을 드러냈어. 목사의 아내가 교회로 들어오는 버터나 달걀이 줄어드는 걸 보고 자신들이 마을 사람들에게 어떤 상처를 주었으며 이웃들에게 얼마나 신임을 잃었는지 곧 깨닫기를 바라네. 새로 부임한 목사(나이 든 목사는 결국 돌아가셨네)의 아내가 나무를 베라고 했거든.

목사의 아내는 빼빼 마르고 병약해 보이는 데다 세상사에 관심이 없는데, 아무도 그녀에게 관심을 보이지 않기 때문이야. 그 어리석은 여자는 학문에 열중하고 성서 연구에 몰두하며 인생을 보낸 데다 요즘 유행하는 도덕적 비판적 기독교 개혁에 힘쓰고 라바터(스위스의 개신교 신학자)의 광신도적 열정에 어깨를 으쓱하느라 건강을 해쳤지. 그러다 보니 신이 창조한 이 땅에서는 아무런 기쁨도 찾지 못하는 모양이야. 그런 사람이니 호두나무를 베어버릴 수 있었을 테지.

도저히 용서 할 수 없네! 나뭇잎이 떨어지면 마당이 지저분해지고 나무그늘 때문에 햇빛을 즐길 수 없으며 호두 열매가 익으면 아이들이 돌은 던져대는 통에 신경 쓰이고 불쾌해서 케니코트(영국의 성서학자)와 제믈러(루터교 성서 비판학자), 미하엘리스(독일 개신교 신학자)를 비교 검토할 수가 없다는 게 그녀의 변명일세.

마을에서 노인들이 불만을 토로하기에 물었지.

"왜 그렇게 되도록 두셨습니까?"

"이 지역에서는 마을 이장 말이 법이야."

그러다 사건이 터졌네. 목사가 이장이랑 나무 판 돈을 나눠 가지려고 했던 걸세. 목사는 아내가 변덕을 부리며 묽은 수프만 끓여준다고 불만이 많았는데 이번에는 그 변덕을 이용해서 돈을 벌 생각이었나 봐. 그런데 재산관리국에서 그 사실을 알아챈 거지. 교회 마당의 일부, 즉 그 나무가 서 있던 자리의 토지 소유권은 아직 재산관리국에 있었던 모양이야.

결국 재산관리국에서 나무를 경매에 붙여 가장 높

은 금액을 제시한 입찰자에게 팔아버렸네. 아무튼 나무는 쓰러져 있네! 아아, 내가 영주였다면! 목사의 아내와 이장과 재산관리국을…. 영주라고! 하기야 내가 영주였다면 나무에 신경 쓸 시간이 없었겠지.

10월 10일

그녀의 검은 눈동자를 바라보기만 해도 기분이 좋아지네. 다만 내가 불만인 점은 알베르트가 행복해 보이지 않는다는 걸세. 그가 바란 만큼-혹은 내가-만일 나라면-이라고 생각한 만큼 말이야. 줄표를 긋고 싶어서 그은 게 아니네. 달리 표현할 방법이 없어서야. 이 정도면 내 심경이 충분히 드러났겠지.

10월 12일

오시안이 내 마음에서 호메로스보다 우위를 차지했네. 이 위대한 시인이 나를 인도한 세계란 정말 대단하다네. 나는 황야를 방황하네. 어두운 안개 속에서 희미한 달빛을 받으며 조상들의 영혼이 불러일으키는 비바람이 몰아치는 곳을 말이야. 산줄기 너머에서 들려오는 숲 속 강물의 울부짖음, 들릴 듯 말 듯한 동굴 속 영혼들의 신음 소리, 죽은 이를 향한 소녀들의 비참한 통곡 소리. 그녀들은 전쟁터에서 죽은 연인이 묻힌 곳에서 이끼와 풀로 뒤덮인 네 개의 비석을 둘러싸고 울고 있네.

나는 곧 머리가 하얗게 센 음유시인을 발견하지. 그는 황야 저 멀리서부터 조상들의 발자취를 찾다가 그들의 비석을 보고는 애통해하며 성난 바다 너머로 사라지는 아름다운 저녁별을 향해 고개를 돌리네. 음유시인의 마음속에 지나간 시간들이 생생하게 되살아나지. 따스한 햇살은 위험과 마주한 용사들을 비추고 달빛은 전쟁에 승리하여 화환을 두르고 귀환하는 배를 비추던 과거 말일세.

그의 이마를 보니 깊은 근심으로 가득하네. 마지막까지 살아남은 이 용사가 피곤에 찌들어 비틀거리며 무덤으로 나아가는 모습을 나는 보고 있지. 그가 힘없이 걸어가며 먼저 떠난 이들의 그림자와 가까워질수록 새로운, 고통스러울 정도로 찬란한 기쁨이 얼굴 가득 피어오르네. 그는 차가운 땅, 높이 자라 흔들리는 풀을 내려다보며 외치지.

"아름답던 시절의 나를 아는 방랑자가 올 것이다. 그가 와서 물으리라. 그 시인, 핑갈의 우수한 아들은 어디에 있느냐고. 그는 내 무덤을 밟고 지나간 뒤 나를 찾아 헛되이 세상을 돌아다니리라."

친구여! 나는 충성스러운 기사처럼 검을 빼들고 서서히 죽어가며 고통스러워하는 나의 군주를 단칼에 편안히 만들어주고 싶네. 고통에서 해방된 반신半神을 따라 내 영혼도 보내고 싶네.

10월 19일

아아, 이 공허함! 바로 내 가슴속에서 느껴지는 이 무서운 공허함! 늘 이런 생각을 하네. 그녀를 한 번만, 단 한 번이라도 내 가슴에 안아볼 수 있다면 이 공허함이 채워질 텐데, 라고 말이야.

10월 26일

나도 알고 있네, 친구여, 나도 잘 알아. 시간이 흐를수록 더욱 잘 알게 되네. 어떤 인간이든 그 존재란 아주 미미한 걸세. 로테의 집에 친구라는 아가씨가 찾아왔네. 나는 그들이 있는 옆방으로 책을 가지러 갔는데 독서에 집중할 수가 없어서 깃펜을 집어 들고 무언가 적기 시작했지. 그들이 조용히 이야기하는 소리가 들렸네. 시답지 않은 근방 소문에 대한 이야기를 나누더군. 누군가 결혼한다느니 누군가 아프다느니 하는 것들 말이야.

로테의 친구가 말했네. "마른기침을 하고 광대뼈가 드러날 정도로 얼굴이 핼쑥해졌어요. 실신까지 한대요. 다들 마음의 준비를 하는 모양이에요."

로테가 뒤이어 말했어. "N씨도요. N씨도 건강이 많이 안 좋다면서요?"

"온 몸이 다 부었대요."

나는 생생한 상상력에 이끌려 불쌍한 이들의 침대 맡에 당도했네. 그들은 삶을 등지지 않으려 발버둥치고 있었어. 그들은…. 오, 빌헬름! 옆방의 여자들은 그들의 이야기를 하고 있었네. 전혀 알지도 못하는 사람의 죽음을 논하듯이 말일세. 나는 주변을, 방 안을 둘러보았네. 로테의 옷가지와 알베르트의 서류 더미 그리고 내가 벌써 정들어버린 가구들, 이 잉크병까지.

그리고 생각했네. 봐라, 이 집 안에서 너의 존재는 무엇인가! 요컨대 너의 친구들은 너를 존중한다. 너는 그들을 기쁘게 하고 너의 심장은 그들 없이는 뛰지 않는다. 하지만 네가 떠난다면? 그들 곁에서 사라진다면? 그들의 운명에서 네가 사라졌다는 그 빈자리를 과연 얼마나 오랜 시간 느낄까? 얼마나 오래?

아아, 인간은 덧없고 허무하네. 자신의 존재를 확실히 느낄 수 있는 곳, 자신이 존재한다는 사실을 유일하게 증명할 수 있는 곳, 추억 속, 연인의 마음에서조차 인간은 금방 지워지고 사라지는 걸세!

10월 27일

내 가슴을 찢고 내 머리를 부숴버리고 싶네. 사람에게 서로를 위하는 마음이 이다지도 부족하다니. 사랑, 기쁨, 따스함, 환희. 내가 주지 않으면 남도 나에게 주지 않네. 그리고 내가 성심껏 행복하게 해주려고 노력해도 그 사람이 냉랭하고 무기력하게 나를 대한다면 어쩔 도리가 없지.

10월 27일 저녁

나는 가진 것이 많지만 그녀를 향한 내 마음이 그것들을 모두 집어삼키네. 나는 가진 것이 많지만 그녀 없이는 아무것도 없네.

10월 30일

벌써 수백 번이나 그녀의 목을 끌어안으려고 했네. 이토록 사랑스러운 존재가 눈앞에서 움직이는데 손을 뻗어 잡을 수 없는 이 기분은 오직 신만이 이해하겠지. 무언가를 잡으려는 행동은 인간의 본능이야. 아이들을 보게. 마음에 드는 것은 무엇이든 손에 쥐지 않는가? 그럼 나는?

11월 3일

자네니까 말하겠네! 침대에 누울 때면 다시는 깨어나지 않기를 바라면서, 어떤 때는 그렇게 되리라 기대하곤 했네. 아침이면 눈을 떠서 다시 떠오른 태양을 보며 비참해지지. 아아, 내가 이렇게 변덕스러워진 원인을 날씨 탓으로, 타인의 잘못으로, 아니면 실패한 계획 탓으로 돌릴 수 있다면 이 견디기 힘든 분노의 짐이 절반은 덜어질 텐데. 아아! 하지만 모든 죄가 나에게 있다는 걸 잘 알지. 아니, 죄가 아니네! 예전에 모든 기쁨의 원천이 내 마음속에 있던 것처럼 지금은 모든 슬픔의 원천이 내 마음속에 있네.

온갖 감정이 충만하여 발걸음마다 낙원을 거닐며 온 세상을 사랑이 넘치는 눈으로 바라보던 사람. 내가 바로 그 사람인데 지금 내 심장은 죽어버렸네. 심장에서는 아무런 열정도 솟아나지 않으며 두 눈은 메말라서 생기 어린 눈물이 흐르지 않으니 감수성도 함께 말라붙었고 두려움 때문에 이마에는 주름이 파였네. 정말 괴롭네. 내 삶의 유일한 기쁨을, 나를 둘러싼 세상을 창조해낸 그 성스럽고 활기찬 힘을 잃었기 때문일세. 그것이 사라졌기 때문이야!

창문 밖으로 멀리 떨어진 언덕을 바라보네. 언덕 위에 태양이 떠오르며 안개 틈으로 잔잔한 풀밭을 비추지. 강물은 잎이 다 떨어진 버드나무 사이를 굽이치며 나에게로 유려하게 흐르네. 오! 신성한 자연의 풍경이 옻칠한 유화처럼 굳어버렸어. 이 모든 환희조차도 내 심장에서 뇌까지 단 한 방울의 기쁨을 빨아 올리지 못하네. 한 남자가 말라버린 샘처럼, 텅 빈 바구니처럼 신 앞에 서 있을 뿐이야. 때때로 땅바닥에 엎드려 신에게 눈물을 내려달라 호소했네. 하늘이 쨍하게 내리쬐어 땅이 다 말라버렸을 때 농부들이 비를 내려달라고 비는 것처럼.

하지만 나는 알고 있네. 우리가 간절히 기도한다고 해서 신이 비나 햇빛을 내려주지 않는다는 것을. 지난 시간들, 나를 괴롭히는 추억들이 그때는 왜 그토록 즐거웠을까? 내가 인내하며 기다린 신의 영혼을, 그가 나에게 하사한 환희를 진심으로 감사하며 받아들였기 때문이겠지.

11월 8일

로테가 나더러 도를 넘었다고 충고했네. 아아, 다정하고 사랑스럽게 말일세. 포도주 한 잔을 마시다가 한 병을 다 비워버리곤 했거든.

그녀가 나를 말렸네. "그러지 마세요! 제 생각도 해주세요."

"당신 생각이라고요? 그런 말을 할 필요가 있나요? 생각하고 말고요! 아니, 생각하지 않습니다! 당신은 늘 내 마음에 있으니까요. 오늘도 저는 당신이 얼마 전 마차를 내린 곳에 앉아 있었는걸요."

그녀는 내가 더 이상 그 이야기를 하지 못하도록 화제를 돌렸네. 친구여, 이제 나라는 존재는 사라졌네! 그녀는 나를 마음대로 다룰 수 있어.

11월 15일

고맙네, 빌헬름. 자네의 진심 어린 공감과 친절한 충고에 감사하네. 하지만 부탁이니 안심하게. 내가 버티도록 놔두게. 매우 지치기는 했지만 아직 끝까지 버틸 힘은 남아 있으니까 말이야.

자네도 알다시피 나는 종교를 존중하네. 종교는 지친 사람에게는 지팡이이며 배고픔과 갈증으로 죽어가는 사람에게는 식량이니까. 하지만 종교가 과연 모두에게 공평할까? 넓은 세상을 둘러보게. 수많은 사람에게 종교는 위안이 되지 못했고 앞으로도 그럴 걸세. 그 수많은 이가 종교를 믿든 안 믿든 말이야.

그렇다면 종교는 나에게 어떤 존재일까? 신의 아들조차도 자신의 아버지가 보내주신 사람들만 자기 곁에 머무를 수 있다 하지 않았는가? 신이 나를 보내주시지 않았다면? 내 마음이 무엇을 원하든 신이 나를 그의 곁에 붙잡아두려 하신다면?

부탁하건대 오해하지는 말게. 이 악의 없는 표현이 비꼬는 거라고 생각하지 말란 말일세. 내 속내를 털어놓았을 뿐이야. 다 털어놓지 않을 거라면 애초에 입을 다물었을 걸세. 남들이 잘 알지 못하는 일에 대해서는 나도 말을 아끼고 싶은 사람이니까.

자신을 괴로움으로 채우고 그 잔을 끝까지 들이켜는 것, 그게 바로 인간의 운명 아니겠나? 그 성배는 하늘에서 내려와 인간의 모습을 한 신이 느끼기에도 쓰디쓴데 어떻게 내가 허풍을 떨며 내 입에는 달다고 하겠나? 나 자신이 존재와 허무 사이에서 흔들리고, 과거가 번개처럼 미래의 심연을 희미하게 비추며 나를 둘러싼 모든 것이 가라앉고 온 세상이 무너져내리는 처참한 상황에서 내가 뭘 부끄러워해야 하겠나? 그 목소리야말로 내면의 혼란에 빠져 자기 자신을 잃고 바닥으로 추락하여 저 깊은 곳에서 가까스로 힘을 모아 헛되이 분노하는 자의 외침이 아닌가.

"신이여! 나의 신이여! 어찌 저를 버리십니까?"

나는 이런 울부짖음을, 그 상황에 직면한 것을 부끄러워할 필요가 없네. 하늘을 옷감처럼 둘둘 말아 가질 수 있었던 그분도 경험한 일이니까 말이야.

11월 21일

로테는 자신과 나의 관계를 파멸로 이끄는 독약을 스스로 만들고 있다는 사실을 알지도, 느끼지도 못한다네. 나는 그녀가 내민 독약을, 나를 망쳐버릴 독배를 쾌락에 잠겨 들이마시지. 그녀의 온화한 시선, 나를 자주… 자주? 자주는 아니지만 가끔 나를 처다보는 그 눈길, 무심코 나의 호감을 받아들이는 호의 그리고 나의 인내심을 동정하며 이마를 찌푸리는 표정. 대체 무슨 뜻이란 말인가?

어제 집으로 돌아가려는데 그녀가 손을 내밀고 말했네. "안녕히 가세요, 사랑하는 베르테르 씨!"

사랑하는 베르테르 씨라니! 그녀가 나에게 '사랑하

는'을 붙인 건 처음이었네. 뼈에 사무치는 말이었어.
그 말을 수백 번이고 곱씹어보았네. 어젯밤 잠자리에
들 때도 그 말을 되새기다 이렇게 말했네. "잘 자요,
사랑하는 베르테르 씨!" 어이가 없어 웃고 말았지.

11월 22일

'로테를 저에게 맡기십시오!'라고 기도하지 못하
네. 하지만 가끔씩 그녀가 내 여자라는 기분이 들어.
'로테를 저에게 주십시오!'라고 기도하지도 못하네.
그녀는 다른 사람의 아내이기 때문이야. 내 고통을
소재로 이런 농담을 하고 있네. 이렇게 되풀이하다가
는 대립 명제가 꼬리에 꼬리를 물고 이어질 테지.

11월 24일

내가 무엇을 참는지 그녀도 느끼고 있네. 오늘 그
녀의 시선이 내 가슴속 깊은 곳까지 들어왔거든. 그
녀는 혼자 있었어. 나는 아무 말도 하지 않았고 그녀
는 나를 바라보았지. 더 이상 사랑스러운 아름다움과
훌륭한 영혼의 빛은 보이지 않았네. 그 모든 것이 내

눈앞에서 사라졌어. 그보다 넓고 성스러운 시선이, 그 안에 어린 달콤한 동정이 느껴졌네.

나는 왜 그녀의 발 앞에 무릎을 꿇지 않았을까? 나는 왜 그녀의 목을 끌어안고 키스의 비를 내리며 화답하지 않았을까?

로테는 나를 피해 피아노 앞으로 가더니 연주에 맞춰 부드럽고 조용한 목소리로 속삭이듯 노래를 불렀네. 여태까지 그녀의 입술이 그토록 유혹적으로 보인 적은 없었어. 무언가를 갈구하듯 열린 입술이 악기에서 나오는 감미로운 멜로디를 전부 흡수하여 그 반향만 조심스레 내보내는 것 같았네. 자네에게 그 느낌을 그대로 설명할 수 있다면 좋으련만!

나는 더 이상 견디지 못하고 고개를 숙이며 맹세했어. 천상의 영혼이 깃든 저 입술을 절대 키스로 모독하지 않겠노라고. 그럼에도 불구하고 그녀에게 키스하고 싶네! 이해하겠나? 그것은 마치 내 영혼 앞에 선 칸막이 같아. 이 기쁨을 맛보고 죽음으로써 속죄하면 안 될까? 그게 과연 죄일까?

11월 26일

가끔 나 자신에게 말한다네. 너의 운명만큼 비참한
것은 또 없다고, 다른 이들의 운명은 이렇지 않다고
말이야. 옛 시인의 시를 읽으면 내 마음을 들여다보
는 것 같아. 나는 그렇게나 많은 역경을 견뎌야 하네!
나보다 먼저 인생을 살아간 사람들도 이렇게 비참했
을까?

11월 30일

나는, 나는 정말 정신을 차릴 수가 없네! 가는 곳마
다 어처구니없는 사건과 맞닥뜨리니 말이야. 오늘도!
아아, 운명이란! 아아, 인간이란!

점심 무렵 강변을 산책했네. 요즘 통 식욕이 없었
어. 보는 것마다 쓸쓸한 기운이 감돌았네. 산에서는
차갑고 축축한 바람이 불고 골짜기는 잿빛 비구름을
끌어들였지. 멀리 남루한 초록색 옷을 입은 사람이
보였는데 바위틈을 기어다니는 모양새가 약초라도
찾는 모양이더군. 나는 그에게 다가갔고 그는 내 기
척을 느꼈는지 뒤를 돌아보았네. 마음이 끌리는 인상

이었어. 조용한 슬픔이 느껴지는 얼굴에 올곧은 정신
이 묻어나는 표정이었네. 두 갈래로 나눈 검은 머리
를 동그랗게 말아 머리핀으로 고정하고 나머지 머리
는 굵게 땋아 등 뒤로 길게 늘어뜨린 남자였네.

옷차림을 보니 신분이 낮은 사람 같아서 그가 하는
일에 관심을 보여도 기분 나쁘지 않으리라 판단하여
뭘 찾느냐고 물었어.

그가 깊은 한숨을 쉬고는 대답했네. "꽃을 찾는데
한 송이도 보이지 않습니다."

내가 웃으며 대답했지. "꽃이 피는 시기가 아니니
까요."

그는 내가 있는 쪽으로 내려오며 말했네. "꽃은 셀
수 없이 많지요. 저희 집 정원에는 장미가 피었고 인
동 덩굴도 두 종류나 있습니다. 하나는 아버지가 주
신 건데 잡초처럼 무성합니다. 벌써 이틀이나 꽃을
찾는데 보질 못했어요. 이 주변은 언제나 꽃이 피어
있거든요. 노랗고 파랗고 빨간 꽃이요. 용담도 예쁜
꽃이죠. 그런데 하나도 없네요."

그의 태도가 어색해 보이기에 꽃을 따서 무엇을 하

려느냐고 은근히 물어보았네.

그의 얼굴에 경련이 일면서 미소가 번지더군. 그는 손가락 하나를 입에 갖다대며 말했네. "아무한테도 말하면 안 되는데, 사실은 제 애인에게 꽃다발을 주기로 약속했습니다."

"멋지군요."

"아! 그녀는 가진 게 많아요. 부자거든요."

"하지만 당신이 주는 꽃다발에 기뻐하겠죠."

그가 말을 이었네. "오! 그녀는 보석에 왕관까지 갖고 있어요."

"그분의 이름이 뭔가요?"

그가 갑자기 화제를 바꿨네. "네덜란드 의회가 저에게 돈을 제대로 지불했더라면 저는 지금쯤 다른 삶을 살았을 텐데요. 저도 한때 잘 살던 시절이 있답니다. 하지만 과거의 일이고 지금 저는 여기에 있죠." 그가 젖은 눈으로 하늘을 올려다보는 모습에서 모든 감정이 느껴졌네.

"예전엔 행복했나요?"

"아아! 그런 날이 다시 오면 좋겠어요. 그때는 참

행복하고 즐거웠습니다. 마치 물속을 헤엄치는 물고
기처럼!"

그때 한 노파가 다가오며 소리쳤어. "하인리히! 하
인리히, 대체 어디 갔다 왔니? 다들 너를 찾아 한참
이나 헤매고 다녔단다. 어서 밥 먹으러 가자."

나는 노파에게 다가서며 물었네. "아드님인가요?"

"네. 불쌍한 제 아들이지요! 신께서 제게 너무 무
거운 십자가를 지우셨습니다."

"언제부터 상태가 이런가요?"

"이렇게 얌전해진 건 반년쯤 됐습니다. 그나마 다
행스러운 일이지요. 그 전에는 1년 동안 행패를 부려
대는 통에 정신병원에서도 사슬에 묶여 있었답니다.
지금은 아무에게도 위협을 가하지 않고 다만 왕이니
황제니 하는 이야기만 해요. 참 착하고 조용한 아이
였어요. 집안일도 잘 돕고 글씨도 잘 쓰는 아이였는
데, 어느 날 생각에 잠기더니 고열이 나고 미치광이
가 되었죠. 지금은 보시다시피 이렇답니다. 선생님께
이런 말씀을 드려도 되는지 모르겠지만요."

나는 그녀의 말을 가로막으며 물었네. "아드님이

행복했다, 즐거웠다고 자랑한 때는 언제인가요?"

노파는 딱하다는 듯 미소 지으며 대답했어. "바보 같은 이야기예요! 완전히 미쳤을 때를 자랑처럼 이야기하곤 하거든요. 정신병원에서 자신이 누군지도 몰랐을 때 이야기예요."

나는 벼락이라도 맞은 양 충격을 받았네. 그녀의 손에 지폐 한 장을 쥐어주고 그 불쌍한 이들을 뒤로 했어. 내가 행복했던 때! 나는 그렇게 소리치며 시내를 향해 걸음을 재촉했네. 내가 물속을 헤엄치는 물고기처럼 기뻤던 때! 하늘에 계신 신이시여! 당신은 인간들의 운명을 이렇게 만드셨습니까? 이성을 찾기 전이나 이성을 다시 잃어버린 후에만 행복하도록?

불쌍한 청년이여! 그러나 나는 당신의 우울과 당신을 좀먹는 정신착란이 부럽소! 당신은 당신의 여왕에게 꽃을 주기 위해 희망에 찬 마음으로 길을 떠나지. 겨울에 말이오. 그러면서 당신은 꽃이 없다고 슬퍼하오. 꽃이 피지 않는 이유도 이해하지 못한 채. 그리고 나는… 나는 희망도 없고 목적도 없이 길을 떠나고 똑같이 집으로 돌아오지.

당신은 네덜란드 의회가 돈을 제대로 지불했다면 지금쯤 다른 삶을 살았으리라 말하오. 당신은 행복한 사람이오. 당신의 불운을 현실의 장애물 탓으로 돌릴 수 있으니. 당신은 모르는 거요. 당신의 불행은 산산조각난 당신의 마음속에 있으며 혼란에 빠진 당신의 머릿속에 있다는 사실을. 지구상의 어떤 왕이 오더라도 당신을 그곳에서 구출하지 못할 거요.

병을 치료하기 위해 멀리 떨어진 온천으로 여행 갔다가 오히려 더 큰 병을 얻어 남은 생을 훨씬 고통스럽게 보내는 환자를 비웃는 자는 비참하게 죽을 것이네! 양심의 가책을 덜고 영혼의 슬픔을 벗어던지기 위해 신성한 무덤으로 가는 순례길에 오른 자를 비웃는 자 또한 그렇게 되겠지. 평탄하지 않은 길 때문에 한 발짝 내디딜 때마다 찢어진 발바닥은 그의 괴로워하는 영혼을 다독이는 한 방울의 진정제가 될 걸세. 힘겨운 매일을 견뎌낼 때마다 그의 마음은 고난을 한 꺼풀씩 벗어던지고 가벼워지겠지.

푹신한 쿠션에 기대어 입만 나불대는 자들이 이것을 광기라 부를 자격이 있는가? 광기라니!

오, 신이시여! 저의 눈물을 보십시오! 당신은 인간을 이토록 가난하게 만들었으면서 우리에게 주어진 작은 가난과 당신을 향한 믿음마저 빼앗는 형제까지 주시다니요. 만물을 사랑하는 신이시여! 신비로운 약초와 방울져 떨어지는 포도주에 대한 믿음은 당신을 향한 믿음입니다. 당신이 우리를 둘러싼 만물에 매 순간마다 효력을 발휘하는 치유와 완화의 힘을 불어 넣었으리라는 믿음입니다.

한 번도 만나지 못한 아버지시여! 저의 영혼을 충만케 해주시던 당신이 지금은 저를 외면하시다니요. 저를 불러주십시오! 더 이상 침묵하지 마십시오! 당신의 침묵이 목마른 이 영혼을 막지는 못합니다. 어떤 사람이, 어떤 아버지가 갑작스레 돌아온 아들이 목에 매달려 이렇게 말할 때 화를 낼 수 있을까요?

"제가 돌아왔습니다, 아버지! 부디 화내지 마세요. 아버지 뜻에 따라 더 오래 견뎠어야 할 여정을 중단하고 돌아왔습니다. 세상은 어디나 똑같습니다. 땀 흘려 일하면 보수와 기쁨을 얻습니다. 하지만 그게 저와 무슨 상관입니까? 아버지 곁에 있으면 저는 기뽑니다. 아버지 앞에서 슬퍼하고 또 즐거워하고 싶습니다." 그러면 당신은, 하늘에 계신 아버지시여, 이 아들을 내치시겠습니까?

12월 1일

빌헬름! 내가 편지에 쓴 그 행복하고 불행한 사람은 로테의 아버지 밑에서 일하던 서기라네. 그가 남몰래 로테에게 연정을 품었다가 알려지는 바람에 해고를 당했고 그 후 미쳐버렸다는군. 이 이야기를 듣고 내가 얼마나 충격을 받았을지 나의 담담한 문장을 읽고 생각해주기 바라네. 알베르트가 아무렇지도 않게 들려준 사연이니 자네도 평온한 마음으로 읽겠지.

12월 4일

내 편지를 잘 읽어주게. 나는 이제 끝이야. 더 이상 견딜 수 없네! 오늘 피아노를 연주하는 로테 곁에 앉아 있었지. 갖가지 멜로디에 모든 감정을 담아서 말이야. 온갖 감정을! 이해하겠나? 그녀의 어린 여동생이 내 무릎에 앉아 인형을 치장하고 있었네. 두 눈에 눈물이 차올랐어. 고개를 숙이자 로테의 결혼반지가 보였네. 눈에 고였던 눈물이 터져나왔어.

마침 그녀는 내가 좋아하는 아름다운 멜로디를 연주하기 시작했네. 내 영혼을 머리부터 발끝까지 휘감아 위로를 건네는 멜로디였어. 지나간 시간들, 과거의 추억이 떠올랐네. 이 곡을 들었을 때, 마음이 심란하고 분노가 치밀었을 때, 희망이 꺾여버렸을 때…. 방을 이리저리 돌아다녔네. 나를 집요하게 따라오는 감정에 숨이 막힐 것만 같았지.

나는 폭발하는 감정을 느끼며 로테에게 다가섰네. "제발, 제발 그만 하세요!"

그녀는 연주를 멈추고 나를 응시했네. 그리고 미소를 지으며 말했어. 그녀의 미소가 내 마음을 감싸주었네. "베르테르 씨, 몸이 많이 안 좋은 것 같아요. 그렇게 좋아하는 곡인데 듣기 싫은 걸 보면. 그만 돌아가세요. 부탁이니 편히 쉬도록 하세요."

나는 곧바로 그녀를 떠났네.

신이시여! 저의 애통함을 보신다면 이제 그만 이 고통을 끝내주십시오.

12월 6일

로테의 모습이 자꾸 나를 따라다니네! 깨어 있든
꿈을 꾸든 내 마음은 온통 그녀로 가득 찼어! 눈을 감
고 마음의 눈이 비추는 내 머리에서 그녀의 검은 눈
동자가 보이네. 바로 여기! 적절히 표현할 길이 없군.
그래, 눈을 감으면 그녀의 눈동자가 보이지. 바다처
럼 심연처럼 내 앞에, 아니 내 안에 조용히 들어와 내
심장을 차지한다네.

반신半神이라 불리는 인간의 꼴을 좀 보게! 힘이 가
장 필요할 때 오히려 힘이 빠져버리지 않는가? 날아
갈 듯 기쁠 때도, 깊은 슬픔에 젖어들 때도, 그 무한
한 만족감에 자기 자신을 전부 놓아버리고 싶을 때도
무디고 차가운 의식 속으로 다시 끌려오지 않는가?

독자를 위한 편집자의 말

*

　나는 우리의 친구 베르테르가 마지막 나날들을 서술한 편지의 원본을 찾기 위해 노력했다. 그리고 여기서 잠시 끼어들어 독자 여러분의 이해를 돕기 위해 중간의 이야기를 요약하여 전달하기로 결정했다.

　우선 베르테르를 잘 아는 사람들에게 정확한 정보를 얻기 위해 동분서주했다. 이야기는 간단하다. 모든 이가 몇몇 사소한 부분을 제외하곤 대부분 비슷한 이야기를 내놓았다. 다만 관계자들에 대한 판단은 화자의 성향과 의견에 따라 저마다 달랐다.

우리가 해야 할 일은 이곳저곳에 흩어진 편지를 조심스럽게 모은 뒤 작은 표현 하나하나에 유의하면서 거듭 되뇌고 이해하여 독자들에게 설명하는 일이다. 평범하지 않은 방식으로 쓰인 문장에서 글쓴이가 전하는 진실을 알아내기란 매우 어렵기 때문이다.

베르테르의 영혼 깊숙이 슬픔과 불만이 뿌리내리고 있다. 그런 감정은 서로 뒤엉켜 점점 베르테르의 전부가 되었다. 그의 영혼은 더 이상 안정을 되찾지 못했고, 내면의 열망과 과격함은 그의 모든 힘을 엉망진창으로 만든 뒤 슬픔을 뒤집어씌웠다.

불행과 싸우고 거기서 벗어나기 위해 발버둥 치던 그에게 남은 마지막 하나는 권태였다. 그의 마음에 움튼 불안은 정신적 힘을 모조리 앗아가버리고 그의 활력과 총명함을 좀먹었다. 그는 슬픔에 빠진 사람이 되어 점점 더 불행해졌고, 불행해질수록 더욱 많은 것을 부당하게 여겼다.

이는 알베르트의 친구들이 내놓은 의견이다. 그들에 의하면 베르테르는 오래도록 바라던 행운에 한 발짝 다가선 순수하고 점잖은 청년이었으며, 그 행복을 계속 유지하려고 밤낮없이 슬퍼하며 모든 노력을 기울인 그의 행동은 남들이 감히 평가할 수 없는 것이었다. 그들은 알베르트에 대해 변하지 않고 늘 같은 사람이라 평했다. 베르테르가 처음 만났을 때부터 아끼고 존중한 알베르트였다고 말이다.

알베르트는 이 세상 무엇보다도 로테를 사랑했고 그녀를 자랑스러워했고 모든 이가 그녀를 가장 아름답고 고귀한 여인으로 여기기를 바랐다. 모든 의심의 실마리를 미연에 방지하려 한 알베르트의 행동을 비난할 수 있을까? 자신이 사랑하는 여인을 단 한 순간이라도 다른 남자에게 보내지 않으려 한 그의 완곡한 노력을 비난할 수 있을까? 알베르트는 베르테르가 아내를 찾아올 때마다 자리를 피해주었다. 친구인 베르테르를 싫어하거나 피하고 싶어서가 아니라 자신의 존재가 베르테르에게 부담이 될까 봐 그랬던 것이다.

로테의 아버지가 가벼운 병에 걸려 집에서 요양했

는데 로테가 외출하고 싶어 할 때면 마차를 내주었다. 어느 화창한 겨울날 첫눈이 내려서 온 마을이 하얗게 뒤덮였다.

다음 날 베르테르는 로테를 찾아갔다. 알베르트가 부재중이면 로테를 집 안까지 데려다주기 위해서였다.

날씨가 맑았지만 그의 우울한 기분을 달래기에는 역부족이었다. 그는 압박감에 짓눌린 채 깊은 슬픔에 둘러싸였으며 마음은 온통 고통스러운 생각에 쏠려 있었다. 그는 자신이 영원한 불행 속에서 살았던 만큼 남들이 처한 상황도 위험하고 혼란스러울 거라고 생각했다. 자신이 알베르트와 로테의 원만한 관계를 불안정하게 만들었다고 믿었기 때문에 알베르트를 은근히 못마땅해하는 자신을 비난했다.

그의 생각은 다음과 같은 대목에 잘 드러난다.

그래, 맞아. 믿음직스럽고 친절하고 부드러운 사람이 되어 모두와 친분을 쌓는 것. 그것은 평온하게 지속되는 성실함이지! 또한 포만감이자 무관심이지! 그의 시선이 고결하고 아름다운 아내보다 다른 초라한 만남들에 더 머무르지는 않는가? 그는 과연 자신이 얼마나 행복한 사람인지 아는가? 그는 그녀가 응당 받아야 할 만큼 그녀를 아끼는가? 그는 그녀를 가졌어. 그녀를 가졌다고. 나도 잘 알지. 그가 나를 미치게 할 거라든가 나를 죽일지도 모른다는 생각에 익숙해졌어.

나를 향한 그의 우정은 유효한가? 그가 로테를 향한 나의 애정을 신의에 반하는 일이라 보지는 않는가? 혹은 내가 남몰래 그를 비난한다고 생각하지는 않는가? 나도 이미 잘 알고 느끼는 점이지만 그는 내가 못마땅하고 내가 그만 떠나기를 바라지. 나는 그에게 번거로운 존재야.

때때로 그는 로테를 만나려고 빠르게 달리던 발걸음을 늦추다 주변을 둘러보기 위해 조용히 멈춰섰다. 그리고 위와 같은 생각에 잠겨 혼잣말을 하며 왔던 길을 돌아가고 싶다는 충동에 시달렸다. 결국은 마지못해 사냥 별장에 도착했다.

베르테르는 문으로 들어서서 나이 든 하인에게 로

테는 어디 있느냐고 물으며 이 집에 무슨 일이 일어
난 걸 눈치 챘다. 가장 큰 사내아이가 발하임에서 안
좋은 사건이 발생했다고 귀띔한다. 농부가 살해당했
다는 것이다! 하지만 그는 신경 쓰지 않는다. 방에 들
어서자 로테가 아버지와 이야기하는 모습이 보였다.
로테의 아버지는 몸이 좋지 않은데도 사건 현장에 가
서 살펴보고 싶다는 말을 하는 중이었다. 아직 범인
에 대한 실마리를 찾지 못했고 피해자는 그날 아침
자기 집 앞에서 죽은 채 발견되었다. 온갖 추측이 난
무했다. 살해당한 남자는 과부의 집에서 일하던 청년
으로 전임자가 해고된 뒤 새로 고용된 사람이었다.

　이야기를 듣자 베르테르의 심장이 격렬하게 뛰었
다. 그가 소리쳤다. "그럴 수가! 현장에 가봐야겠습
니다. 지금 당장이요!" 서둘러 발하임으로 향하는 베
르테르의 머릿속에 생생한 기억이 떠올랐다. 가끔 이
야기를 나누던, 이제는 소중한 인연이 된 사람이 저
지른 일이라는 사실을 한 치도 의심하지 않았다.

　베르테르는 보리수 길을 지나 시신이 놓인 여관에
도착했다. 친숙한 정경이 눈앞에 펼쳐졌다. 근처 아

이들이 자주 놀던 문턱은 피로 물들어 있었다. 사랑과 믿음. 인간이 지닌 가장 아름다운 감정이 폭력과 살인으로 변한 것이다. 단단한 나무들은 잎이 다 떨어져 서리에 뒤덮였고 교회 담벼락에 아치형으로 두른 아름다운 울타리는 시들어버렸다. 그 사이로 눈 쌓인 비석이 보였다.

베르테르가 마을 사람들이 전부 모인 입구 쪽으로 다가가는 순간 갑자기 비명이 터져나왔다. 저마다 무기를 든 농부들이 떼를 지어 다가오며 범인을 끌고 오는 중이라고 소리쳤다. 베르테르는 그쪽으로 시선을 돌렸고 틀림없는 사실을 확인했다. 범인은 역시 여주인을 사모하던 하인이었다. 얼마 전 베르테르는 그 하인이 절망에 빠진 채 분노를 억누르며 이리저리 돌아다니는 모습을 목격했다.

"도대체 무슨 짓을 한 거요, 불행한 이여!" 베르테르가 죄인에게 다가가며 소리쳤다.

죄인은 말없이 고개를 돌려 베르테르를 바라보다 의연하게 대답했다. "이제 누구도 그녀를 차지할 수 없고 그녀 또한 누구와도 결혼할 수 없어요."

사람들은 죄인을 여관으로 데려갔고 베르테르는 서둘러 그 자리를 떠났다.

베르테르는 이 충격적인 사건을 마주하고 끔찍한 혼란에 휩싸였다. 그리고 슬픔, 우울, 주변을 향한 무관심에서 단숨에 벗어났다. 죄수를 깊이 동정하여 그를 구하고 싶다는 형언할 수 없는 욕구를 느꼈다. 그 불행한 사람은 죄가 없으며 자신도 그와 비슷한 처지라고 생각했다. 자신과 같은 관점에서 그의 범죄를 바라보라고 마을 사람들을 설득할 수 있으리라 믿었다. 베르테르는 하인을 변호하고 싶었다. 사건에 대해 생생히 전할 이야깃거리가 앞을 다투어 떠올랐다.

그는 로테의 집으로 가는 발걸음을 서둘렀고, 벅찬 가슴을 억누르지 못한 나머지 걸어가면서 법무관에게 할 말을 외치기 시작했다.

방에 들어서자 곧바로 알베르트의 모습이 보였다. 베르테르는 잠시 불쾌한 표정을 지었다. 하지만 이내 평정을 되찾아 법무관에게 자신의 의견을 힘주어 피력했다. 법무관이 거듭 고개를 저었다.

베르테르는 한 사람이 다른 사람을 변호하기 위해

할 수 있는 한 최선을 다해 열정적이고 자세하게 사실 관계를 설명했지만 법무관은 꿈쩍도 하지 않았다. 오히려 베르테르의 말을 가로막으며 반박한 뒤 잔인한 살인범을 옹호한다고 꾸짖었다. 이번 사건 때문에 법질서가 훼손되고 도시의 안전이 무너졌다고 역설했다. 그리고 이런 일이 일어나면 법무관으로서 막중한 책임을 다하는 것 외에 할 수 있는 일이 없다고 덧붙였다. 일상의 혼란을 바로잡고 모든 것을 제자리에 돌려놓아야 한다는 것이었다.

베르테르는 포기하지 않고 누군가 죄인의 도주를 도운 사실이 드러나더라도 방관해줄 것을 부탁했으나 곧바로 거절당했다. 알베르트가 대화에 끼어들며 법무관 편을 들었다. 베르테르는 분노했고 법무관이 몇 번이고 죄인을 풀어줄 수 없다고 못 박자 화를 내며 방을 나섰다.

법무관의 말에 베르테르가 얼마나 상심했는지는 우리가 그의 서류 더미 사이에서 찾아낸 쪽지에 그대로 드러난다. 틀림없이 그 사건에 대한 이야기였다.

불행한 이여, 그대는 풀려날 수 없소!

베르테르는 알베르트가 법무관 앞에서 죄인에 대해 발언한 내용에 격분했다. 그 안에 베르테르 자신을 향한 비판이 담겨 있다고 생각했기 때문이다. 곰곰이 생각해보니 법무관과 알베르트의 말이 옳았지만 절대 인정하고 싶지 않았다.

우리는 다른 쪽지에서 베르테르가 알베르트에게 어떤 감정을 가졌는지 알 수 있었다.

내가 알베르트는 정직하고 행실이 바른 사람이라고 입이 닳도록 칭찬해봐야 무슨 소용인가? 그저 내 배알만 뒤틀릴 뿐이다. 나는 그를 솔직하게 대할 수 없다.

어느 포근한 겨울밤, 날이 많이 풀렸기 때문인지 로테와 알베르트가 걸어서 집으로 돌아오고 있었다. 로테는 길을 걸으며 이곳저곳을 둘러보았다. 마치 베르테르와 함께 산책하던 때를 그리워하는 것처럼. 알베르트가 베르테르를 언급하며 그의 편향된 사고를 비난했다. 또한 베르테르가 그릇된 일에 열정을 쏟아붓는다며 그와 거리를 두어야겠다고 덧붙였다.

"우리를 위해서도 그러는 편이 좋겠죠. 당신도 베르테르 씨에게 당신을 대하는 태도를 조심해달라고 말해요. 지금처럼 자주 찾아오지도 말아달라 이르고요. 남들이 이상하게 여길 겁니다. 실제로 우리에 대해 수군거리는 사람들이 있어요."

로테는 아무 말도 하지 않았고 알베르트는 그녀의 침묵을 받아들이는 듯 보였다. 그 후 알베르트는 로테 앞에서 베르테르를 언급하지 않았고, 혹여 로테가 베르테르 이야기를 꺼내더라도 받아주지 않거나 곧바로 화제를 돌렸다.

불행한 살인범을 구하기 위한 베르테르의 헛된 노력은 꺼져가는 불씨가 마지막으로 한 번 타오른 셈이었다. 그는 더 깊은 고통과 무력감에 빠져들었다. 베르테르는 죄인을 변호하는 증인으로 법정에 나갈 생각이었는데 증인 채택이 취소되었다는 사실을 접하고 제정신이 아니었다.

과거의 불행이 몰려와 그를 압박하기 시작했다. 외교관 밑에서 일하며 겪은 부당함과 실패로 끝나버린 일들이 되살아났다. 모든 의욕과 힘이 베르테르의 몸에서 빠져나갔다. 모든 희망이 사라졌고 평탄하게 살아갈 기회조차 다시 잡을 수 없었다. 사랑하는 여자를 향한 베르테르의 감수성과 사고방식, 끝없는 열정이 이제 그를 공격하고 그녀의 삶도 어지럽혔다. 베르테르는 기력도 목적도 희망도 없이 슬픈 종말이 다가오기를 기다릴 뿐이었다.

이후 여기에 엮은 글에는 그가 겪은 혼란, 열정, 부단한 노력과 몸부림이 묻어난다. 베르테르가 고단한 삶에서 남긴 몇 장의 편지다.

12월 12일

친애하는 빌헬름, 나는 지금 여느 불행한 사람이라면 누구나 겪어보았을 상황에 처해 있네. 남들이 악령에 사로잡힌 게 아니냐고 수군대던 소문의 주인공들과 같은 상황이라는 말일세. 때때로 무언가가 나를 엄습하네. 두려움도 욕망도 아니야. 내면에 잠들어 있던 광기가 내 가슴을 쥐어뜯고 내 목을 조이는 걸세! 아아, 정말 고통스럽네! 결국 밖으로 나가 살을 에는 겨울밤을 헤맨다네.

어젯밤에도 밖에 나가야만 했네. 갑자기 날이 풀리자 눈이 녹으면서 강물이 넘쳐 홍수가 났다는 소리를 들었거든. 불어난 강물과 시냇물 때문에 발하임 아래쪽의 그 아름다운 골짜기가 물에 잠겼다는 걸세!

자정이 다 된 시간에 뛰쳐나갔다네. 끔찍한 광경이었네. 바위에 서서 내려다보니 흙탕물이 되어버린 강이 달빛 아래 빠르게 소용돌이치더군. 밭과 목초지, 울타리는 물론 저 멀리 골짜기까지 집어삼킨 강물이 마치 폭풍우가 몰아치는 바다처럼 바람에 떠밀리며 사납게 날뛰고 있었네! 숨어 있던 달이 검은 구름 위로 다시 나타나자 강물은 무시무시할 정도로 성스러운 그 빛을 머금고 내 앞을 내달려 멀리 흘러갔지.

그 순간 사무치는 그리움이 전율하며 나를 사로잡았어! 나는 팔을 벌리고 심연을 향해 서서 숨을 들이마셨네! 폐 속 깊숙이 말이야! 그리고 나의 파도처럼 거세게 출렁이며 나의 괴로움과 슬픔을 휩쓸어버리는 황홀경에 빠져 정신이 아득해졌지.

오오! 하지만 땅에서 발을 떼어 모든 고통을 끝내 버리지 못했네! 내 운명은 아직 끝나지 않았어! 나는 그것을 느꼈네. 오, 빌헬름! 구름을 가르는 폭풍에 올라타서 홍수를 진정시킬 수만 있다면 내 존재를 기꺼이 내던질 텐데! 아아! 그런 기쁨이 갇혀 있는 자에게는 주어지지 않는 것일까?

어느 더운 날 산책을 하다 로테와 함께 쉬었던 버드나무 아래를 침울한 기분으로 내려다보니 그곳도 물에 잠겼더군. 버드나무는 거의 보이지 않았네! 빌헬름! 로테네 목장과 사냥 별장 주변은 어떻게 되었을까 하는 생각이 뇌리를 스쳤네! 이 사나운 폭풍에 우리가 쉬던 정자는 허물어졌겠지! 그런 생각을 하는 사이 과거의 햇살이 나를 비췄네. 죄수가 가축 떼와 목장 그리고 명예로운 직위를 꿈꾸듯이 말이야.

나는 그대로 서 있었네. 이제 나 자신을 책망하지 않아. 죽을 용기가 생겼으니까. 나는… 하지만 나는 여기 노파처럼 앉아 있지. 남의 집 울타리에서 떨어져나온 나무를 줍고 여기저기 돌아다니며 빵을 구걸

하다 죽어가는, 기쁨도 없는 생명을 한순간이라도 더 연장하고 고통을 조금이라도 덜어보려는 노파처럼 말이야.

12월 14일

친구여, 이게 대체 무슨 일인가? 나 자신에게 놀랐네! 그녀를 향한 나의 사랑은 가장 성스럽고 순수한 형제애 아닌가? 여태까지 단 한 번이라도 죄스러운 소망을 마음에 품은 적이 있는가? 장담하지는 않겠네. 나의 꿈들은! 갖가지 모순된 감정을 알 수 없는 힘 때문이라고 치부해버린 자들이 진정으로 옳았네.

그날 밤! 그 이야기를 꺼내려고 하니 몸이 떨리는군. 그녀를 내 품에 꽉 안은 뒤 사랑을 속삭이는 그녀의 입술에 끊임없이 키스를 퍼부었네. 내 눈은 그녀의 열기 가득한 눈동자 안에 담겨 있었지! 신이시여! 지금도 남몰래 그 열렬한 기쁨을 떠올리며 행복감에 젖은 나는 벌을 받아야 합니까? 로테! 로테!

나는 어찌해야 할지 모르겠네! 온갖 생각이 뒤얽히고 벌써 일주일이 넘도록 정상적인 사고를 할 수가 없어. 내 눈에는 눈물이 가득하네. 나는 전혀 괜찮지 않으면서 또 모두 멀쩡해. 아무것도 원하지 않고 아무것도 필요하지 않아. 떠나는 편이 낫겠네.

이 시기에 그런 상황에서 세상을 떠나겠다는 베르테르의 결심은 점점 더 굳어져갔다. 로테 곁으로 돌아온 이후 베르테르의 마지막 기대이자 희망이었다. 하지만 그는 늘 서두를 필요 없다고, 경솔하게 실행할 일이 아니라고 자신을 다독였다. 정말로 확신이 섰을 때 가능한 한 침착하고 단호하게 실행에 옮겨야 한다고 말이다.

그가 주저하고 고뇌한 내용은 빌헬름에게 쓴 편지의 서문에 잘 나타나 있다. 이 편지는 날짜도 없이 그의 서류 더미 사이에서 발견되었다.

그녀의 존재, 그녀의 운명, 나를 향한 그녀의 동정은 불타버린 내 머릿속에서 아직도 남은 눈물을 짜내고 있네. 장막을 걷고 그곳으로 들어간다! 그게 전부일세! 그런데 나는 어째서 이렇게 겁을 먹고 주저하는 것일까? 그 안이 어떤 모습인지 알지 못하기 때문일까? 가버리면 돌아오지 못하기 때문일까? 인간의 본성이 진정한 모습을 알 수 없는 무언가에 대해 혼돈과 암흑을 상상하기 때문이겠지.

결국 베르테르는 슬픈 생각에 점점 깊이 빠져들었고, 더욱 불쾌한 감정에 휩싸여 자신의 결심을 확고히 했다. 이제 돌이킬 수 없어진 것이다. 그가 친구 앞으로 보낸 다의적인 편지가 이를 증명한다.

12월 20일

자네의 우정에 감사의 말을 전하네, 빌헬름. 내 말을 그렇게 받아들여줘서 고마워. 자네가 옳아. 나는 역시 떠나는 편이 낫겠어. 하지만 자네들 곁으로 돌아오라는 제안은 받아들일 수 없네. 적어도 조금 더 여행을 하고 싶어. 이제 추위도 잠잠해져서 여행하기 편할 테니까 말이야.

나를 마중하러 와준다니 고맙네. 하지만 2주만 더 미뤄주게. 내가 또 편지를 보낼 때까지 기다리게나.

무엇이든 완전히 익기 전에 따서는 안 되거든. 2주면 뭐든 크게 달라질 테니 말이야. 우리 어머니한테 말 좀 전해주게. 아들을 위해 기도해달라고. 내가 어머니한테 지워드린 모든 괴로움을 용서해달라고.

내가 기쁨을 줘야 할 사람들을 슬픔에 빠뜨린 것은 나의 운명이었네. 잘 지내게, 나의 가장 믿음직스런 친구여! 하늘의 모든 축복이 자네에게 드리우기를. 잘 있게!

이 무렵 로테가 어떤 생각을 했는지, 남편에게 어떤 감정을 가졌는지, 그녀의 불행한 친구에게 어떤 마음을 가졌는지는 우리가 감히 말로 표현할 수 없다. 하지만 우리는 그녀의 성격을 알기에 조심스럽게 추측할 수 있다. 이럴 때 다정다감한 그녀는 어떤 생각을 하고 무엇을 느꼈을까.

한 가지는 분명하다. 그녀는 베르테르를 멀리하기 위해서라면 무슨 일이든 하겠다고 굳게 결심했다. 로테가 이를 망설였다면 우정을 향한 진심 어린 배려 때문일 것이다. 그녀는 베르테르의 고통과 이 일이 그에게는 불가능하다는 사실을 알고 있었으므로. 하지만 시간이 지나면서 굳게 마음먹고 결심한 바를 실행해야만 했다. 그녀의 남편은 이 모든 일을 잠자코 지켜보았으며 로테 또한 굳이 이런 이야기를 입 밖에 꺼내지 않았다. 다만 그럴수록 로테는 자신의 마음이 남편과 같다는 사실을 행동으로 증명해야 했다.

마지막 편지는 베르테르가 크리스마스 전 일요일에 쓴 것인데, 같은 날 저녁 그는 로테를 찾아갔고 혼자 있는 그녀를 보았다. 로테는 어린 동생들에게 크리스마스 선물로 줄 장난감을 정리하고 있었다. 베르테르는 아이들이 기뻐하겠다고 말하며, 유년 시절 갑자기 문이 열리고 양초, 과자, 사과 등으로 장식한 나무가 나타나서 마치 천국에 온 듯 황홀함에 빠지곤 했다고 덧붙였다.

로테가 아름다운 미소 아래 곤란한 마음을 감추며 말했다. "선생님도 착하게 지내면 선물을 받을 거예요. 기다란 양초 같은 것을요."

베르테르가 소리쳤다. "착하게 지내다니요? 그럼 저는 뭘 해야 합니까? 어떻게 하면 되죠, 로테?"

"목요일 저녁이 크리스마스이브예요. 아이들도 다 모이고 아버지도 오실 텐데, 그때 다들 선물을 받을 겁니다. 선생님도 그날 오세요. 그 전에 오면 안 돼요." 베르테르가 눈에 띄게 당황하자 로테가 말을 이었다. "부탁이에요. 제가 안정을 취하도록 도와주는 셈 치고 부탁을 들어주세요. 더 이상 이런 식으로 만남이 이어지면 곤란합니다."

베르테르는 그녀에게서 눈길을 돌리고 방 안을 왔다 갔다 하며 잇새로 중얼거렸다. "만남이 이어지면 곤란하다고요!"

로테는 자기가 한 말 때문에 베르테르가 이상한 상태에 빠졌다는 사실을 감지하고 이런저런 질문을 하며 그의 생각을 돌리려 했으나 소용이 없었다.

그가 다시 소리쳤다. "아뇨, 로테. 다시는 당신을 찾아오지 않겠어요!"

"어째서요? 베르테르 씨, 와도 돼요. 우리를 만나러 와주세요. 다만 적당히 오라는 거예요. 오, 어째서 당신이 아끼고 좋아하는 모든 것에 이토록 맹목적이고 억누를 수 없는 열정을 쏟아붓는 건가요? 부탁이에요." 로테가 다가와 베르테르의 손을 쥐며 말했다. "적당히, 라는 말을 배우세요. 당신의 성품, 당신이 지닌 지식과 재능이면 얼마든지 다른 것을 즐길 수 있어요! 남자다워지세요. 당신을 거절할 수밖에 없는 저 같은 여자에게 슬픈 집착을 하지 마시고요."

베르테르는 이를 악물고 어두운 표정으로 로테를 쳐다보았다.

로테는 베르테르의 손을 잡은 채 말을 이었다. "잠시만이라도 마음을 진정시키세요, 베르테르 씨! 당신이 자신을 속이고 있다는 걸 느끼지 못하나요? 당신 자신을 일부러 파멸시키는 거라고요! 왜 저인가요? 어째서 다른 사람의 아내인 저인가요? 당신이 자신의 소망을 이토록 부추기는 이유란 그저 저를 손에 넣을 수 없기 때문 아닐까 하는 생각이 들어요. 그렇지 않나요?"

그는 그녀에게 잡힌 손을 빼며 화난 표정으로 그녀를 지켜보았다. 그리고 소리쳤다. "정말 똑똑하군요! 정말 현명해요! 알베르트가 그렇게 말하던가요? 정말 대단한 작전이에요!"

"누구나 생각할 수 있는 말이에요. 이 넓은 세상에 당신의 소망을 이뤄줄 아가씨가 단 한 명도 없을까요? 꼭 찾아보세요. 맹세컨대 반드시 나타날 거예요. 당신이 넋을 놓고 자신을 얽매는 시간이 저는 벌써 오래전부터 두려워졌어요. 당신을 위해서나 우리를 위해서나 좋지 않아요. 마음먹고 여행을 떠나보세요. 생각도 정리되겠죠. 당신의 사랑에 어울리는 분을 찾아요. 그리고 돌아오면 함께 진정한 우정의 기쁨을 누릴 수 있을 겁니다."

베르테르가 차가운 웃음을 지으며 말했다. "그 말을 인쇄해서 모든 학교 선생들에게 돌리도록 하죠. 사랑하는 로테여! 당분간만 나를 그냥 두세요. 그러면 모든 게 해결될 겁니다!"

"아무튼 크리스마스 전에는 찾아오지 마세요!"

베르테르가 뭐라 대답하려는 찰나 알베르트가 방으로 들어왔다. 그들은 냉랭한 목소리로 안부 인사를 나누고 어색하게 방 안을 돌아다녔다. 베르테르가 의미 없는 말을 내뱉었으나 곧 할 말이 없어졌다. 알베르트도 마찬가지였다. 알베르트가 아내를 향해 부탁

한 일은 어떻게 되었는지 묻고는 아직 해결되지 않았
다는 대답을 듣자 몇 마디 잔소리를 했는데, 베르테
르에게는 그 말이 차갑고 매정하게 들렸다.

그는 돌아가려 했지만 8시가 되도록 망설이고 있
었다. 저녁 식탁을 차릴 때까지 불쾌함과 분노는 더
욱 커질 뿐이었고, 결국 베르테르는 모자와 지팡이를
집어 들었다. 알베르트가 저녁을 먹고 가라고 권했지
만 베르테르는 입에 발린 말을 듣는 것만 같아 퉁명
스레 인사하고는 밖으로 나갔다.

그는 집으로 돌아와 마중 나온 하인에게서 등불을
건네받고 혼자 방으로 올라갔다. 소리 내어 울다, 격
분하여 혼잣말을 하다, 이리저리 방 안을 서성이다
결국은 옷을 입은 채로 침대에 벌렁 드러누웠다. 11
시쯤 하인이 조심스레 올라올 때까지 베르테르는 그
대로 누워 있었는데 하인이 장화를 벗겨드릴까요, 하
고 묻자 그러라고 했다. 그리고 다음 날 아침에는 부
르기 전까지 방에 올라오지 말라고 일렀다.

12월 21일 이른 아침, 베르테르는 로테에게 편지
를 썼다. 이 편지는 그가 죽은 후 그의 책상에서 밀봉

된 채 발견되어 로테에게 전해졌다. 정황상 그가 이 편지를 여러 번에 걸쳐 단편적으로 작성한 듯 보이므로 여기에도 그렇게 삽입하기로 했다.

나는 결심했습니다, 로테. 죽기로 말이죠. 낭만적으로 포장할 필요 없이, 당신을 마지막으로 보게 될 아침을 위해 이 편지를 씁니다. 나의 사랑하는 이여, 당신이 이 편지를 읽을 때면 이미 차가운 무덤이 딱딱하게 굳은 불안정하고 불행한 이의 몸을 덮고 있을 테죠. 그 사람은 삶의 마지막 순간까지 당신과 대화하는 것보다 더 큰 행복을 알지 못했습니다.

간밤에 아주 처참한 일을 겪었습니다. 하지만 아주 유익한 시간이기도 했지요. 내 결심을 확고하게 만들어준 밤이니까요. 죽고자 하는 결심을 말입니다! 어제는 매우 격앙된 채 당신 곁을 떠났는데, 그러고 나니 모든 것이 마음에 사무쳤고, 희망도 기쁨도 없는 나라는 존재가 당신 곁에 머문 게 아닌가 하는 생각이 들어 소름이 끼치더군요. 겨우 방으로 돌아와 나도 모르게 무릎을 꿇었어요.

오, 신이시여! 당신은 저에게 쓰디쓴 눈물을 마지막 위안으로 내려주셨군요! 온갖 계획과 기대감이 내 머릿속에서 날뛰었으나 결국 마지막에는 아주 확고하고 굳건한 생각이 자리 잡았습니다. 죽어야겠다! 그대로 누웠고 아침에 되어 진정된 채 눈을 떴지만 죽어야겠다는 생각은 여전히 내 마음속에 흔들림 없이 자리하고 있었습니다. 자포자기가 아닙니다. 내가 참고 견디다가 당신을 위해 희생하는 겁니다.

로테여! 어째서 나는 잠자코 있어야 합니까? 우리 셋 중 하나는 어쨌든 떠나야 하고 내가 그 한 사람이 되려는 겁니다! 오, 나의 사랑하는 이여! 처참하게 찢긴 이 가슴속에는 때때로 어떤 생각이 맴돌았습니다. 당신의 남편을 죽일까? 아니면 당신을? 나를? 이런 생각이요! 모두 지난 일입니다!

아름다운 여름날 밤 언덕에 올라가거든 나를 떠올려줘요. 내가 계곡에서 올라오는 모습을요. 그리고 교회에 있는 내 무덤으로 시선을 돌려주세요. 저물어가는 햇빛 아래 바람이 무성하게 자란 풀을 이리저리 흔들고 있을 테지요.

이 편지를 쓰기 시작했을 때는 마음이 평화로웠습니다. 하지만 지금은 그 모든 광경이 생생하게 떠올라 어린아이처럼 울고 있어요.

10시쯤 베르테르는 하인을 불렀고 옷을 갈아입으며 며칠 내로 여행을 떠날 테니 빨래를 하고 짐을 싸라고 일렀다. 외상이 있는 곳에 가서 계산서를 받아오고 빌려준 책들도 찾아와달라고 부탁했다. 또 매주 경제적으로 도와주던 가난한 사람들에게는 두 달 치 돈을 미리 주라고 지시했다.

하인에게 침실로 가져다달라고 부탁한 음식을 먹은 뒤 말을 타고 법무관의 집으로 갔지만 그는 집에 없었다. 베르테르는 깊은 생각에 빠져 정원을 이리저리 돌아다녔다. 우울한 기억들을 차곡차곡 쌓아올리는 듯 보였다.

로테의 동생들은 그를 가만히 놔두지 않았다. 뒤를 따라가다가 달려들고 내일, 내일의 내일 그리고 다시 하루가 더 지나면 로테에게 크리스마스 선물을 받을 거라 자랑하며 아이들의 작은 상상력으로 떠올릴 수 있는 놀라운 선물을 예상하기도 했다.

베르테르가 소리쳤다. "내일! 내일모레! 그리고 또 하루 더!"

그는 아이들한테 다정하게 키스하고 떠나려 했는데 막내가 그의 귀에 무언가를 속삭였다. 형, 누나들이 크고 예쁜 연하장을 썼다는 것이었다. "엄청 커요! 한 장은 아빠한테, 또 한 장은 알베르트 매형한테, 로테 누나한테도 한 장 그리고 베르테르 아저씨한테도 한 장 드린댔어요. 새해 아침이 되자마자 전달한다고요."

베르테르는 감정이 북받쳐 아이들에게 용돈을 주고 말 위에 올라탄 다음 법무관에게 안부를 전해달라 부탁한 뒤 눈물을 글썽이며 그 집을 떠났다.

5시쯤 집에 돌아와서는 하녀에게 난롯불을 살피고 밤까지 꺼지지 않게 주의하라 일렀다. 하인에게는 아래층에 있는 가방에 책과 옷가지를 싸고 찢어진 옷을 꿰매라고 당부했다. 그런 다음 로테에게 편지를 쓴 것으로 보인다.

당신은 나를 기다리지 않겠죠! 내가 당신이 말한 대로 크리스마스이브에 당신을 찾아갈 거라고 생각하겠죠. 오, 로테! 오늘이 아니면 다시 만날 수 없습니다. 크리스마스이브에 당신은 떨리는 손으로 이 편지를 들고 있을 겁니다. 눈물로 적시면서요. 나는 할 겁니다. 그래야만 해요! 결심을 하고 나니 마음이 편안합니다.

한편 로테는 묘한 기분에 휩싸인 상태였다. 베르테르와 마지막 대화를 나눈 뒤로 그와 헤어지는 게 얼마나 힘든 일이며 그가 자신에게서 떨어지려는 일이 얼마나 괴로운 것인지 깨달았다.

로테는 알베르트에게 베르테르가 크리스마스이브 전에는 찾아오지 않을 거라고 넌지시 일러두었다. 알베르트는 일 때문에 이웃 도시의 관리 집에서 밤을 새울 예정이었다.

로테는 홀로 앉아 있었다. 동생들도 없었다. 조용히 머릿속을 떠도는 생각에 집중했다. 그녀는 남편과 영원히 맺어졌고 그의 사랑과 헌신 또한 마음 깊이 느꼈다. 남편의 침착하고 믿음직스러운 성격은 그녀가 성실한 아내로서 일생의 행복을 일궈나갈 바탕이 되도록 하늘이 내려준 것처럼 느껴졌다. 그가 그녀와 동생들에게 어떤 존재로 남을 것인가도 생각했다.

한편 베르테르 또한 그녀에게 소중한 존재였다. 처음 만났을 때부터 그들의 마음은 아름다운 조화를 이루었다. 오랜 시간 이어진 우정, 그동안 겪은 많은 일이 그녀의 마음속에 지울 수 없는 자국을 남겼다. 재미있다고 느낀 것, 생각한 것을 모두 베르테르와 함께 나누었다. 베르테르가 그녀를 떠난다면 로테라는 존재 안에 다시는 채울 수 없는 구멍이 뚫릴 것만 같은 기분이었다. 아아, 그와 남매였다면 그녀는 얼마나 행복했을까! 그가 그녀의 친구와 결혼한다면 알베르트와 베르테르도 다시 잘 지낼 텐데!

그녀는 친구들을 차례로 떠올려보았다. 하지만 누구나 단점이 있어서 베르테르에게 어울릴 만한 친구를 찾지 못했다.

그녀는 처음으로, 정확히 표현하기는 어렵지만, 마음 깊은 곳에서 베르테르를 곁에 두고 싶다는 진심 어린 은밀한 소망을 느꼈다. 동시에 그를 곁에 둘 수도 없고 두어서도 안 된다며 자신을 꾸짖었다. 그녀의 순수하고 아름다운 마음은 늘 가벼운 행복감으로 가득했는데 지금은 압박감 때문에 답답했다. 행복으로 가는 길은 닫혀버렸고 그녀의 마음은 짓눌렸으며 눈앞에는 잿빛 구름이 드리워져 있었다.

6시 30분이 되자 베르테르가 계단을 올라오는 소리가 들렸다. 그녀는 그의 발소리, 로테를 부르는 그 목소리를 이내 알아챘다. 베르테르가 도착했을 때 로테의 심장이 이토록 세차게 뛴 것은 처음이었다. 그녀는 베르테르를 만나기 싫다며 거절하고 싶었다.

그가 방 안으로 들어서자 로테는 몹시 당황한 말투로 외쳤다. "약속을 어겼군요."

"저는 아무런 약속도 한 적이 없습니다." 베르테르가 대답했다.

"제 부탁을 들어줘도 되는 거잖아요. 서로의 안정을 위해 부탁한 건데." 로테가 원망하듯 말했다.

그녀는 자신이 무슨 말을 하는지, 무슨 짓을 하는지 인식하지 못한 채 하녀를 보내 친구들을 불렀다.

베르테르와 단둘이 있는 상황을 피하고 싶었던 것이다. 베르테르는 가져온 책을 몇 권 꺼내놓은 뒤 다른 책을 빌려달라고 했다. 로테는 친구들이 빨리 도착했으면 싶기도 하고 빨리 오지 않았으면 싶기도 했다. 하녀가 돌아오더니 로테의 친구가 둘 다 올 수 없다는 양해의 말을 전했다고 알렸다.

로테는 하녀에게 옆방에 가서 일하라고 말할 생각이었다. 하지만 곧 마음을 바꿨다. 베르테르는 방 안을 이리저리 서성였고 로테는 피아노로 다가가 무도곡을 치기 시작했다. 자리를 뜨고 싶지 않았다. 생각을 정리한 다음 베르테르에게 다가가 곁에 앉았다. 베르테르는 늘 그렇듯 소파에 앉아 있었다.

"읽을 책이 없나요?" 로테가 물었다. 베르테르는 두 손에 아무것도 들지 않고 앉아 있었다. 그녀가 다시 말했다. "저쪽 제 서랍에 당신이 번역한 오시안의 시가 몇 편 있어요. 언젠가 당신이 읽어주는 걸 듣고 싶어서 아직 안 읽었어요. 하지만 어느 순간부터 그런 부탁을 드릴 수 없었죠."

베르테르는 미소를 지으며 시를 집어 들었다. 갑자

기 온 몸에 전율이 일더니 원고를 내려다보자 두 눈에 눈물이 고였다. 그는 자리에 앉아 시를 낭송하기 시작했다.

어둠이 짙어지는 밤하늘의 별이여, 너는 서쪽에서 아름답게 반짝이며 빛나는 너의 얼굴을 구름 사이로 내비치고 언덕길을 늠름하게 오르누나. 무엇을 찾고자 이 황야를 내려다보는가? 폭풍우는 그쳤고 저 멀리 산의 급류가 흐르는 소리가 들린다. 아득히 먼 곳에서 출렁이는 파도가 바위틈을 간질이고 저녁 파리떼의 웅성거림이 들판을 가득 메웠다. 아름다운 빛이여, 너는 무엇을 찾는가? 너는 미소 지으며 너의 주변을 기쁜 듯이 맴도는 파도에 부드러운 머리카락을 담그러 간다. 잘 있어라, 고요한 빛이여. 나타나라, 오시안의 영혼을 담은 신비로운 빛이여!

그리고 곧 그의 힘이 나타났다. 헤어진 친구들이 다시 보이고 그들은 예전처럼 로라 강가에 다시 모였다. 핑갈은 축축한 안개기둥처럼 나타났다. 용사들이 그를 둘러싸고 있다. 보라! 노래하는 시인들을! 백발의 울린! 위풍당당한 리노! 사랑스러운 알핀! 그리고 조용히 슬퍼하는 미노나까지! 친구들이여, 젤마에서 함께 하던 때보다 많이 달라졌구나! 그때 우리는 젤마산에서 시의 명망을 노래했지. 봄바람이 언덕을 휘감아 낮게 속삭이는 풀들을 눕히듯이 말이야.

그때 아름다운 미노나가 걸어온다. 아래로 내리깐 눈에 눈물이 고인 채로. 언덕에서부터 이리저리 불어 내려오는 바람에 머리카락이 살짝 나부끼는 채로. 그녀가 아름다운 목소리를 높이자 용사들의 영혼은 슬픔에 빠졌다. 그들은 여러 번 잘가르의 무덤을 보았고 여러 번 하얀 빛을 품은 콜마의 불 꺼진 집을 보았기 때문이다. 콜마는 노래하며 언덕을 떠났고 잘가르는 돌아오기로 약속했다. 하지만 밤이 깊어갈 뿐. 콜마가 언덕에 홀로 앉아 노래하는 목소리를 들으라!

콜마

밤이 찾아왔다! 나는 홀로 폭풍우가 몰아치는 언덕에 남겨졌다. 산과 산 사이를 가르며 바람이 소리를 지른다. 계곡물은 태풍에 휘몰아치고 나는 비를 피할 오두막조차 없이 황량한 언덕에 혼자 있다.

달이여, 구름에서 나와라! 별들이여, 밤하늘에서 반짝여라! 빛으로 나를 이끌어다오. 사랑하는 이가 사냥을 하고 돌아와 쉬고 있는 곳으로. 그는 활을 내려놓고 사냥개들에 둘러싸인 채 쉬고 있겠지. 하지만 나는 점점 약해지는 폭풍우 속에서 바위에 홀로 앉아 있어야만 한다. 강물이 흐르고 태풍은 부는데 내가 사랑하는 이의 목소리는 들리지 않는구나.

나의 잘가르여, 무엇을 망설이나요? 약속을 잊었나요? 바위도 있고, 나무도 있고, 강물도 흐르고 있어요! 땅거미가 질 무렵이면 돌아오겠다고 약속했으면서. 아아! 나의 잘가르가 길을 잃었는지도 몰라! 당신과 함께 가고 싶어요. 아버지와 오빠들을 떠나 사랑하는 당신과 가고 싶어요! 오랜 시간 우리 집안은 서로 원수였지만 우리는 원수가 아니었어요. 오, 잘가르!

바람이여, 잠시 멈추어다오! 강물이여, 잠시만이라도 조용해다오. 내 목소리가 골짜기를 따라 울려 길을 잃은 내 사랑이 들을 수 있도록. 잘가르! 나예요,

217

내가 부르고 있어요. 여기 나무가 있고 바위가 있어요! 잘가르! 내 사랑! 나는 여기 있어요. 어째서 오지 않는 건가요?

보라, 달이 비추고 강물은 계곡을 따라 빛나며 잿빛 바위는 언덕에 서 있다. 하지만 그의 모습은 보이지 않는다. 그의 도착을 알려줄 개들도 보이지 않는다. 나는 여기 혼자 앉아 있어야만 한다.

저기 저 황야에 누워 있는 사람들은 누구인가? 내가 사랑하는 이인가? 나의 오빠인가? 오오, 친구여, 말을 해다오! 너희는 대답이 없구나. 내 영혼은 겁에 질렸다. 그들은 모두 죽었다! 그들의 칼은 피로 붉게 물들었다! 아아, 오빠, 나의 오빠여, 어째서 잘가르를 죽였나요? 아아, 나의 잘가르여, 어째서 나의 오빠를 죽였나요? 나는 두 사람을 모두 사랑했는데! 언덕의 수많은 사람 가운데 가장 아름다웠는데! 싸움이라곤 모르는 이들이었는데. 대답해다오! 사랑하는 이들이여, 내 목소리를 들어다오! 하지만 그들은 영원히 침묵할 뿐. 그들의 가슴은 땅바닥처럼 차갑구나!

언덕 위 바위에서, 폭풍이 부는 산꼭대기에서, 죽

은 자들의 영혼이여 대답해다오! 말을 해다오! 나는 두렵지 않으니! 그대들은 어디로 쉬러 갔는가? 산속 어느 무덤에서 너희를 찾을 수 있는가? 바람에는 작은 목소리조차 실려 있지 않고 언덕에서 불어오는 태풍에는 아무런 대답도 들어 있지 않구나. 나는 비통함에 주저앉아 눈물 흘리며 아침만 고대하고 있다.

죽은 자들의 친구들이여, 무덤을 파시오. 하지만 내가 갈 때까지 흙을 덮지 마오. 내 삶은 꿈처럼 사라졌는데 내가 남아 있을 이유가 무엇인가! 이곳, 강물이 바위에 부딪치는 곳에서 친구들과 함께 생을 마감하리니. 언덕에 밤이 찾아오고 바람이 황야를 지나면 내 영혼은 그 바람을 타고 내 친구들의 죽음을 슬퍼하리라. 오두막에서 쉬던 사냥꾼이 내 목소리를 듣고 무서워하다가도 사랑하리라. 내 친구들, 내가 사랑했던 이들을 그리워하는 내 목소리는 무척이나 다정할 테니.

이것이 너의 노래인가. 오, 미노나여, 살짝 뺨을 붉히는 토르만의 딸이여. 우리의 눈물은 콜마를 위해 흘렀고 우리의 영혼은 어둠에 잠겼지.

울린이 하프를 들고 나타나 알핀의 노래를 불렀다. 알핀의 목소리는 다정했고 리노의 영혼은 섬광처럼 빛났다. 하지만 그들은 이미 좁은 집 안에 잠들었고 그들의 목소리는 젤마에서 점점 사라졌다. 어느 날 울린이 사냥에서 돌아왔다. 예전에 용사들이 아직 살아 있을 때. 그는 언덕에서 용사들의 노래자랑을 들었다. 그 가사는 부드러웠지만 슬펐다. 용사들 중에서 제일가는 모라르의 죽음을 기리는 노래였다.

그의 영혼은 마치 핑갈의 영혼이었고, 그의 검은 오스카의 검이었다. 하지만 그는 쓰러졌고 그의 아버지는 슬픔에 잠겼으며 그의 여동생은 눈물로 가득 찼다. 영웅 모라르의 여동생 미노나는 눈물로 가득 찼다. 울린의 노래에 그녀는 다시 돌아왔다. 마치 서쪽에 뜬 달이 폭풍우를 내다보고 아름다운 모습을 구름 속으로 감추듯이. 애통함을 담은 노래에 맞춰 나는 울린과 하프를 켰다.

리노

바람과 비가 지나가고 구름은 갈라져 청명한 이 낮

에. 수시로 변하는 태양빛이 도망치듯 언덕을 훑는
다. 붉어진 강물은 산에서 골짜기로 흐른다. 강물아,
너의 속삭임은 아름답구나. 그런데 내 귀에 들리는
더욱 정다운 목소리. 그것은 알핀의 목소리, 그가 죽
은 이들을 애도하는 목소리. 그의 목은 나이 때문에
굽었고 그의 얼굴은 눈물 때문에 붉어졌다.

알핀, 위대한 가인이여, 어째서 이 침묵의 언덕에
홀로 계십니까? 수풀을 때리는 바람처럼, 먼 바닷가
의 파도처럼 어째서 당신은 슬퍼합니까?

알핀

내 눈물은, 리노여, 죽은 이들을 위한 것이며 내 목
소리는 이 무덤의 주인을 위한 것이다. 그대는 황야
의 아름다운 이들 중에서도 가장 아름다운 모습으로
언덕에 서 있구나. 하지만 너는 모라르처럼 쓰러질
것이며 너의 무덤에는 슬퍼하는 이들이 자리할 것이
다. 언덕은 너를 잊을 것이고 너의 활은 시위도 당겨
지지 않은 채 언덕에 놓이리라.

오, 모라르여, 영양처럼 빠르게 언덕을 달리고 밤

하늘의 불꽃처럼 용감하던 그대여. 너의 분노는 폭풍우같이 휘몰아쳤고 너의 검은 황야에 내리꽂히는 번개 같았다. 너의 목소리는 비 온 뒤 골짜기를 흐르는 냇물처럼, 먼 언덕에 퍼지는 천둥처럼 울렸다.

많은 이가 네 손에 쓰러졌고 네 분노의 불길은 그들을 불살랐다. 그러나 전쟁터에서 돌아온 그대 얼굴은 어찌나 평온하던지! 너의 표정은 거친 폭풍우가 지난 후 고개를 내민 태양이요 조용한 밤하늘의 달과 같았고 너의 가슴은 바람 한 점 불지 않는 호수처럼 잔잔했다.

너의 집은 좁고 머물 곳은 어둡도다! 너의 무덤은 세 걸음이면 둘러볼 수 있을 정도이니 오, 그대는, 그대는 그렇게나 위대한 인물이었는데! 이끼에 덮인 네개의 묘석, 그것들이 그대의 유일한 기념물. 잎이 다떨어진 나무, 바람에 흔들리며 높이 자란 풀이 사냥꾼에게 용맹한 모라르의 묘를 알려주는구나. 너를 위해 울어줄 어머니도 없고 사랑의 눈물을 흘릴 여인도 없다. 너를 낳아준 사람은 죽었고, 모르그란의 딸 또한 이 세상을 떠났으니.

지팡이에 의지한 채 서 있는 저 사람은 누구인가? 늙어서 머리가 하얗게 세고 울어서 두 눈이 붉어진 저 사람은 누구인가? 오, 모라르, 그는 너의 아버지다. 다른 누구도 아닌 너의 아버지다. 그는 전장에 날리는 너의 명성을 들었고 네가 쓰러뜨린 적들에 대해서도 들었다. 모라르의 공적을 들었다! 아아! 그러나 모라르가 입은 상처에 대한 이야기는 듣지 못했구나!

　울어라, 모라르의 아버지여, 울어라! 그러나 당신의 아들은 그 소리를 듣지 못하리. 죽은 자의 잠은 깊고 그가 베고 누운 흙베개는 낮으니, 아무도 당신의 목소리를 듣지 못하고 아무도 당신의 부름에 눈뜨지 않으리. 아아, 무덤 안에 아침 해가 뜨고 "일어나라!"며 잠든 이를 깨울 날은 언제인가.

　편히 쉬게, 세상에서 가장 고귀한 인간, 전장의 정복자여! 하지만 전쟁터는 두번 다시 너를 보지 못할 것이며 어두운 숲이 반짝이는 너의 검 덕분에 밝아지는 일도 없겠지. 그대는 자식을 남기지 않았지만 그대의 이름은 노래로 전해지고 후손들은 그대의 이름을, 쓰러진 용사 모라르의 무용담을 들으리라.

용사들이 소리 내어 슬퍼하는 가운데 아르민의 째지는 한숨 소리가 가장 컸으니. 일찍이 쓰러진 아들의 죽음을 떠올렸기 때문이다. 갈말의 이름 높은 영주 카르모르도 용사들 곁에 앉아 있었다.

"아르민이여, 어째서 그렇게 슬피 탄식하는가?" 카르모르가 물었다. "여기에서 울 일이 뭐가 있는가? 영혼을 달래주는 시와 노래가 울리고 있는데. 노랫소리는 호수에서 피어올라 골짜기로 넘어오는 안개처럼, 피어나는 꽃들을 이슬로 적시는 안개처럼 부드럽다. 그러나 태양이 다시 힘차게 떠오르면 안개는 사라진다. 어째서 그렇게 슬퍼하는가, 아르민이여, 바다에 둘러싸인 고르마의 지도자여."

슬퍼한다고? 지당한 말이다. 하지만 나의 고통 때문이 아니다. 카르모르, 당신은 아들을 잃은 적이 없고 꽃다운 나이의 딸을 잃은 적이 없다. 당신의 아들 콜가르는 씩씩하게 살아 있고 당신의 아름다운 딸 아니라도 살아 있지 않은가. 당신 집안의 가지는 뻗어나간다. 오오, 카르모르, 하지만 아르민은 우리 집안의 마지막 가지다. 다우라여! 네가 잠든 침대는 어둡겠지. 무덤에서 잠든 너의 잠은 깊겠지. 너는 언제쯤 아름다운 목소리로 노래하며 깨어나려나.

가을바람이여, 불어라! 일어나 어두운 황야로 휘몰아쳐라! 숲 속 강물이여, 흘러라! 떡갈나무 꼭대기부터! 오오, 달이여. 갈라진 구름 사이를 돌아다니다 너의 창백한 얼굴을 보여다오! 내 아이들이 목숨을 잃은 그 끔찍한 밤이 생각나게 해다오! 용감한 아린달이 쓰러지고 사랑스러운 다우라가 죽은 그 밤을.

다우라, 내 딸아, 너는 정말 아름다웠다. 푸라언덕에 뜬 달처럼 곱고 하늘에서 내린 눈처럼 희고 숨결처럼 달콤했다. 아린달, 너의 활솜씨는 뛰어났고 대지를 내달리는 너의 창은 날쌨고 너의 눈빛은 파도를 덮은 안개와 같았으며 너의 방패는 폭풍 속 불구름과 같았다!

아르마르, 그 전쟁의 영웅이 찾아와 다우라에게 사랑을 갈구했다. 그 아이는 오래 거절하지 않았다. 그녀의 친구들이 두 사람에게 건 기대는 아름다웠다.

오드갈의 아들 에라트는 자신의 형제를 죽인 아르마르에게 원한을 품고 있었다. 그는 뱃사람의 옷을

입고 찾아왔다. 파도 위에 뜬 그의 작은 배는 아름다
웠고 그의 고수머리는 나이 때문에 희게 셌으며 진지
한 그의 얼굴은 평온했다.

그가 입을 열었다. "아름다운 아가씨, 아르민가의
사랑스러운 딸이여, 저 바위, 바다에서 멀지 않은 곳,
나무 열매가 빨갛게 익어 반짝이는 곳, 저곳에서 아
르마르가 다우라를 기다리고 있소. 나는 그의 연인을
데려가려고 험한 바다를 지나 왔소."

그녀는 그를 따라가 아르마르를 찾았다. 하지만 그
말에 대답하는 건 바위뿐이었다.

"아르마르! 내 사랑! 내 사랑! 어찌 나를 이렇게
불안하게 만드나요! 아르나트의 아들이여, 들으세요!
다우라가 당신을 부르고 있어요!"

배신자 에라트는 웃으며 육지로 도망갔다. 그녀는
목소리를 높여 아버지와 오빠를 찾았다.

"아린달! 아르민! 다우라를 구해줄 사람, 아무도
없나요?"

그녀의 목소리가 바다를 지나 왔다. 내 아들 아린
달은 사냥감을 쫓다 말고 언덕에서 내려왔다. 화살은

옆구리에 차고 활은 손에 들고 검거나 잿빛이 도는 사냥개 다섯 마리를 옆에 거느린 채. 에라트는 뻔뻔스럽게도 해변에 있었고 아린달은 에라트를 잡아 떡갈나무에 단단히 묶었다. 나무에 묶인 자의 신음소리가 바람을 타고 울려퍼졌다.

아린달은 배를 타고 파도치는 바다로 나갔다. 다우라를 다시 데려오기 위해서. 그때 아르마르가 애통해하며 활을 쏘았고 회색 깃털이 달린 화살은 휙 소리를 내며 날아가 너의 가슴에 꽂혔다. 오오, 아린달, 내 아들! 배신자 에라트 대신 네가 죽는구나. 다우라, 너는 바위에 닿은 배 위에 쓰러져 몸을 웅크렸다. 너의 발아래에 네 오빠의 피가 흐르는구나. 너의 원통함이겠지, 다우라여!

파도가 배를 부쉈다. 아르마르는 바다로 몸을 던졌다. 사랑하는 다우라를 구하든지 아니면 죽어버릴 생각으로. 갑자기 언덕에서 불어온 돌풍이 바다로 꽂히며 파도를 높였고 아르마르는 가라앉아 다시 떠오르지 않았다.

파도가 부딪히는 바위 위에 홀로 선 내 딸이 울부

짖는 소리를 들었다. 그녀의 비명 소리가 크게 울려 퍼졌지만 아버지인 나는 그 아이를 구하지 못했다. 밤이 새도록 나는 해안에 서서 약한 달빛 사이로 그녀를 바라보았다. 밤이 새도록 나는 그 아이의 비명 소리를 들었고 바람은 강했으며 비는 세차게 바위의 옆구리를 때렸다. 그녀의 목소리는 점점 약해졌고 동이 트기 전 바위와 풀숲 사이로 사라지는 밤공기처럼 그녀의 생명도 사라졌다. 그녀는 슬픔에 잠긴 채 죽었고 아르민은 홀로 남겨졌다! 그와 함께 전쟁터에서 활약하던 나의 강인함도, 아가씨들의 선망을 받던 나의 사랑도 사라졌다.

산에서 폭풍우가 불어올 때, 북풍이 파도를 높이 일으킬 때, 나는 출렁이는 바닷가에 앉아 그 끔찍한 바위를 바라본다. 때때로 달이 질 때면 내 아이들의 영혼을 본다. 그들은 함께 모여 희미한 달빛 속을 거닌다.

로테의 눈에서 폭포 같은 눈물이 쏟아졌다. 눈물은 그녀의 억눌린 가슴을 시원하게 풀어주었을 뿐만 아니라 베르테르의 시 낭송을 중단시켰다. 베르테르는 원고 뭉치를 내던지고 로테의 손을 잡았다. 그리고 쓰디쓴 눈물을 흘렸다. 로테는 다른 손을 짚어 몸을 지탱한 채 손수건에 얼굴을 묻었다. 두 사람은 심하게 몸을 떨고 있었다. 숭고한 이들의 운명 속에서 그들과 같은 슬픔을 느끼고 서로 공감했다. 두 사람의 눈물이 하나가 되어 흘렀다. 베르테르의 눈과 입술은 로테의 팔에 닿았고 뜨거운 열기를 띠었다.

로테는 전율했다. 몸을 피하려 했으나 고통과 동정심이 납처럼 무겁게 매달려 그녀를 마비시켰다. 그녀는 마음을 가다듬으려고 숨을 크게 쉬었다. 그리고 베르테르에게 낭독을 계속하라고 흐느끼며 부탁했다. 천상에서 내려온 목소리로 부탁했다. 베르테르는 온 몸이 떨리면서 심장이 터질 것만 같았다. 그는 원고를 집어 들고 더듬더듬 읽어내려갔다.

봄바람이여, 왜 나를 깨우는가? 너는 구애하듯 나에게 말을 거는구나. 나는 하늘이 내린 이슬에 젖었다! 하지만 내가 시들 때가 다가왔다. 나의 잎을 날려

버릴 폭풍우가 가까워졌다! 나의 아름다운 시절을 본 적이 있는 나그네는 내일 다시 찾아와 들판을 둘러보며 나를 찾으리라. 그러나 결국 찾지 못하리라.

그 글이 지닌 모든 힘이 불행한 이를 짓눌렀다.

베르테르는 로테 앞에 몸을 던지고 절망한 채 그녀의 손을 잡았다. 그 손을 자신의 눈에 댔다가 이마에 댔다. 로테는 문득 베르테르의 의도를 파악하고 두려워졌다. 그녀는 마음이 복잡해져서 그의 양손을 꼭 쥐어 자신의 가슴에 대고는 슬픈 표정으로 그에게 몸을 기댔다. 두 사람의 뜨거운 뺨이 서로 맞닿았다. 두 사람만 남긴 채 온 세상이 사라졌다. 베르테르는 로테에게 팔을 둘러 품 안으로 끌어당겼다. 그리고 떨면서 뭐라 중얼거리는 그녀의 입술에 격렬한 키스를 했다.

"베르테르 씨!" 로테가 몸을 돌리며 숨 가쁜 목소리로 외쳤다. "베르테르 씨!" 그녀는 다시 외치며 힘없는 손으로 베르테르의 가슴을 밀어냈다. "베르테르 씨!" 더없이 숭고한 감정이 가득 담긴 목소리였다.

그는 저항하지 않고 로테를 품에서 놓은 뒤 넋을 잃은 채 그녀 앞에 몸을 내던졌다. 그녀는 사랑과 분노 사이에서 혼란스러움에 몸을 떨며 말했다. "정말 마지막이에요, 베르테르 씨! 이제 저를 찾아오지 마세요." 그러곤 불쌍한 남자에게 애정 어린 시선을 보낸 뒤 서둘러 옆방으로 들어가 문을 잠갔다. 베르테르는 두 팔을 뻗었지만 감히 그녀를 붙잡지는 못했다. 그는 소파에 머리를 기대고 바닥에 누운 자세로 30분이나 있었다. 누군가 그를 부르는 목소리를 들을 때까지. 저녁 식사를 준비하려는 하녀의 목소리였다.

그는 방 안을 이리저리 돌아다니다 옆방 앞에서 나직한 목소리로 말했다. "로테! 로테! 한마디만 하게 해주세요! 작별 인사를요!" 그녀는 아무 말도 하지 않았다. 그는 기다렸다가 다시 부탁하고, 그리고 다시 기다렸다. 결국 문에서 떨어져 외쳤다. "잘 있어요, 로테! 영원히 잘 지내요!"

베르테르는 성문 앞에 도달했다. 문지기는 그를 잘 아는 터라 말없이 보내주었다. 하늘에선 비인지 눈인지 내렸고, 그는 11시쯤이 되어서야 집에 도착해 문을 두드렸다. 베르테르의 하인은 집 안에 들어서는 그를 보며 모자를 쓰지 않았다는 사실을 알아챘다. 하지만 아무 말도 하지 않고 베르테르가 옷 벗는 걸 도와주었다. 옷이 푹 젖어 있었다. 나중에 사람들이 어느 바위에서 그의 모자를 발견했다. 올라서면 계곡이 내려다보이는 바위의 옆면이었다. 진눈깨비가 내리던 밤 베르테르가 어떻게 떨어뜨리지도 않고 모자를 그 자리에 올려놨는지 아무도 알 수 없었다.

그는 침대에 몸을 뉘고 오랜 시간 잠을 잤다. 다음 날 하인이 베르테르의 부탁으로 커피를 가져갔을 때는 편지를 쓰고 있었다. 그는 로테 앞으로 다음과 같은 편지를 썼다.

이제 정말 마지막이군요. 나는 마지막으로 눈을 떴습니다. 이 눈은, 아아, 이 눈은 더 이상 태양을 보지 못할 것입니다. 희뿌연 안개가 태양을 가리고 있어요. 슬퍼하라, 자연이여! 너의 아들, 너의 친구, 네가 사랑하는 자가 끝을 향해 간다. 로테, 이건 마치 어두운 꿈속처럼, 어디에도 비할 바가 없는 기분입니다. 나 자신에게 이것이 마지막 아침이다, 라고 말하는 기분 말입니다. 마지막 아침! 로테, 나는 이 단어의 뜻을 모르겠습니다. 마지막! 지금 나는 온힘을 다해 서 있는데 내일이면 바닥에 드러누워 몸을 뻗은 채 잠들었을 테죠.

죽는다! 과연 무슨 뜻일까요? 죽음을 이야기할 때면 꿈을 꾸는 것 같지 않나요? 나는 죽은 이들을 여러 번 봤습니다. 인간이란 참 편협한 존재입니다. 자기 자신의 시작과 끝을 이해하지 못하니까요. 나는 아직 내 것이자 당신의 것! 당신의 것입니다.

오오, 사랑하는 이여! 잠시만 떨어지고 헤어져서, 아니 어쩌면 영원히? 아뇨, 로테, 아닙니다. 내가 어떻게 죽을 수 있단 말인가요? 당신이 어떻게 죽을 수 있단 말인가요? 우리는 살아 있습니다! 죽는다! 그건 무슨 뜻입니까? 내 마음에 아무런 느낌도 주지 못하는 그저 공허한 소리에 불과합니다. 죽음이요, 로테! 차갑고 좁은 땅에 묻힙니다! 어두운 곳에요!

의지할 데 없던 어린 시절, 나에게는 이 세상이나 마찬가지인 여자 친구가 있었습니다. 그녀는 죽었고 나는 그 시신을 따라 무덤가로 가서 그녀가 누운 관이 땅속에 묻히는 모습을 봤습니다. 밧줄이 스르륵 소리를 내며 빠지고 사람들은 줄을 끌어 올렸습니다. 이윽고 첫 삽을 뜨더니 흙을 관 위에 뿌렸습니다. 흙이 관 뚜껑에 부딪치며 둔탁한 소리를 냈지요. 그 소리는 점점 더 둔탁해지고 작아지더니 마침내 관을 다 덮었습니다! 나는 무덤 옆에 주저앉았습니다. 두려움이 엄습하여 마음 깊은 곳이 옥죄이고 찢어지는 기분으로요. 하지만 그때 나에게 무슨 일이 일어났는지 몰랐습니다. 앞으로 무슨 일이 일어날지도 몰랐죠.

죽음! 무덤! 나는 그 말들을 이해할 수 없습니다.

오, 나를 용서해요! 용서하십시오! 어제 일을 용서해요! 그것이 내 인생의 마지막 순간이었다면. 오, 나의 천사여! 처음으로, 정말 처음으로 내 마음 깊은 곳에 아무런 의심도 없는 기쁨이 불타올랐습니다. 로테가 나를 사랑한다! 로테가 나를 사랑한다! 당신의 입술에서 터져나온 불꽃이 아직도 내 입술에서 성스럽게 불타고 있어요. 새롭고 뜨거운 기쁨이 내 심장으로 스며들었어요. 나를 용서하세요! 용서해요!

당신이 나를 사랑한다는 것은 이미 알고 있었습니다. 처음 만났을 때의 그 진심 어린 눈길에서, 우리가 처음 나눈 악수에서 나는 이미 알았어요. 하지만 내가 다시 떠났을 때, 알베르트가 당신 곁에 있는 모습을 봤을 때, 나는 다시 열병과도 같은 의심에 낙담하곤 했죠.

당신이 내게 준 꽃을 기억하나요? 그 불쾌한 모임에서 아무 말도 없이, 나에게 손을 뻗지도 못한 채 전해준 그 꽃을? 오, 나는 밤이 깊도록 그 앞에 무릎을 꿇고 앉아 있었습니다. 그 꽃이 나에게 당신의 사랑을 증명해주었으니까요.

그러나… 아아! 그런 생각은 점점 사라졌습니다. 신의 은총을 입었던 기분이 점점 희미해져 믿음을 희석시키듯, 하늘의 위대하고 성스러운 힘을 직접 목격한 그 기분이 점점 사라지듯 말이에요.

모든 것은 과거로 흘러가죠. 하지만 내가 어제 당신의 입술에서 맛보고 가슴 깊이 느낀 이 작열하는 생명은 영원히 꺼지지 않을 것입니다. 로테가 나를 사랑한다! 이 팔은 그녀를 끌어안았고, 이 입술은 그

녀의 입술 위에서 떨고 있었으며, 이 입은 그녀의 입
에 닿아 아무 말도 하지 못했습니다. 그녀는 내 것입
니다! 로테, 당신은 내 것입니다! 영원히.

　알베르트가 당신의 남편이어도 상관없습니다. 남
편! 그건 이 세상의 일이죠. 이 세상에서는 내가 당신
을 사랑하고 알베르트의 품에서 당신을 빼앗아 내 품
으로 데려오려는 일이 죄가 되겠지요. 죄라고요? 좋
습니다. 그렇다면 나 자신에게 벌을 내리면 되겠죠.
나는 이 죗값으로 천상의 기쁨을 맛보았습니다. 나는
이 죄를 구원의 생명줄이라도 되는 양 마음속 깊이
힘껏 붙잡았습니다. 그때부터 당신은 제 것입니다!
로테, 당신은 제 것이에요!

　나는 먼저 갑니다! 우리 아버지에게. 모든 걸 털어
놓으면 아버지는 나를 위로해주시겠지요. 당신이 오
면 나는 당신에게 날아가 영원한 분이 보시는 앞에서
당신을 끌어안고 절대 놓지 않을 것입니다.

　꿈이 아닙니다. 환상도 아닙니다! 무덤에 가까워질
수록 더욱 또렷하게 보입니다. 우리는 하나가 될 것
입니다. 우리는 다시 만날 것입니다. 당신의 어머니

와도 만나겠지요. 나는 당신의 어머니를 찾아가서 마음속 모든 말을 털어놓겠습니다. 당신의 어머니, 당신과 닮은 그분에게.

11시쯤 베르테르는 하인에게 알베르트가 돌아왔는지 물었다. 하인은 알베르트의 말이 지나가는 것을 보았다고 대답했다. 그러자 하인에게 밀봉하지 않은 쪽지를 하나 내밀었다. 내용은 다음과 같았다.

여행을 떠나려고 하는데 권총을 좀 빌려주시겠습니까? 잘 지내십시오!

로테는 간밤에 제대로 자지 못했다. 두려워하던 일이 일어났기 때문이다. 그 일은 그녀가 상상하지도, 걱정하지도 않은 방식으로 벌어졌다. 원래는 막힘없이 흐르던 그녀의 맑은 피가 지금은 열병에 걸린 듯 격앙되었고 갖가지 안 좋은 상상이 잔잔하던 마음을 어지럽혔다. 그녀가 지금 가슴으로 느끼는 것이 베르테르와의 포옹에서 비롯된 불꽃일까? 그의 대담한 행동에 대한 불쾌함일까? 솔직하고 자유롭고 순진하게 아무런 걱정 없이 자기 자신을 신뢰했던 예전의 모습과 비교하니 지금의 자신이 못마땅한 감정일까?

앞으로 남편을 어떻게 대해야 할까? 어제 일어난 일을 그에게 어떻게 말할까? 제대로 털어놓아야 하는데, 그대로 고백하자니 감히 그럴 수 없을 그 일을. 두 사람은 벌써 오랫동안 베르테르에 대해 이야기하지 않았는데, 그녀가 먼저 오랜 침묵을 깨고 남편에게 그런 예상치 못한 비밀을 폭로해야 하는가? 하필 이때에? 남편이 베르테르가 다녀갔다는 말만 듣고도 화를 낼까 봐 두려운데 그런 최악의 사건을!

로테는 또 생각했다. 남편이 나를 공정하고 편견 없는 시선으로 봐주리라 바랄 수 있을까? 그가 나의 속마음을 읽고 알아주리라 기대해도 될까? 여태까지 투명한 유리처럼 남편을 대했고, 늘 사실을 말했고, 나의 감정을 한 치도 숨기지 않았으며 앞으로도 그러지 못하리라 생각했는데 그를 속여도 되는 걸까?

걱정이 꼬리에 꼬리를 물며 마음을 아프게 했다. 그리고 다시 베르테르에게 생각이 돌아갔다. 베르테르는 그녀가 이미 잃은 사람이자 자신을 허락하지 않은 사람이다. 정말 유감스럽지만 그녀를 잃은 베르테르에게 아무것도 남지 않는다 하더라도 어쩔 수가 없었다.

당시엔 정확히 알아채지 못했지만 그녀가 남편과의 사이에 만들어버린 울혈이 무거운 짐이 되어 그녀를 짓누르고 있었다. 그토록 이성적이고 착한 사람들이 남모를 오해 때문에 말도 하지 않으며 자기가 옳고 상대방은 틀렸다고 생각하게 되었다. 결국 두 사람은 점점 뒤죽박죽 엉켰으며 모든 것을 좌우할 중대한 순간에 그 엉킨 매듭을 푸는 일이 불가능해지고 말았다. 두 사람이 일찍이 서로에게 보인 우정과 사랑, 관용을 되찾아 마음을 터놓았다면 우리의 친구를 구할 수 있었을지도 모른다.

또 다른 특별한 사정이 있었다. 우리가 이미 편지에서 읽은 것처럼 베르테르는 이 세상을 떠나고 싶다는 소망을 숨기지 않았다. 알베르트는 그에 대해 자주 이견을 제시했고, 로테와 알베르트 사이에서도 그에 대한 이야기가 오간 적이 있다.

알베르트는 자살에 대해 상당히 부정적이었기 때문에 평상시 그의 성격과 다르게 민감한 태도로 자살 결심을 진심으로 받아들이면 안 된다고 주장했다. 또한 그에 대해 농담을 하며 로테에게 자신의 불신을 강조하기도 했다. 그런 행동은 로테가 속으로 슬픈 장면을 상상할 때 위안이 되었지만, 다른 한편으로는 지금 그녀가 고민하는 걱정거리를 솔직히 털어놓을 수 없게 만들기도 했다.

알베르트가 돌아왔고 로테는 서둘러 그를 맞이했다. 그의 표정이 어두웠다. 일이 완전히 해결되지 않은 모양이었다. 이웃 마을 관리가 고집이 세고 옹졸한 사람이기 때문이리라. 그곳까지 가는 길이 험한 것도 그의 기분을 언짢게 했다.

그가 별일 없었냐고 묻자 로테는 냉큼 대답했다. 간밤에 베르테르가 찾아왔다고. 알베르트는 편지가 왔는지 물었고 로테는 편지 한 통과 소포 몇 개가 와서 그의 방에 놓아두었노라 대답했다. 알베르트가 방으로 들어가고 로테는 혼자 남았다. 사랑하고 존경하는 남편의 등장에 새로운 기분이 들었다. 그의 자비와 사랑, 관대함을 생각하니 마음도 안정되었다. 왠지 그를 따라가고픈 생각이 들어 자주 그러듯이 일거리를 들고 그의 방까지 들어갔다.

그는 바쁘게 소포를 뜯고 편지를 읽었다. 몇몇은 그다지 좋지 않은 소식을 전하는 내용인 것 같았다. 로테가 이것저것 물어보았지만 알베르트는 짧게 대답하고 책상에서 무언가를 쓰기 시작했다.

그렇게 한 시간가량 함께 머무는 동안 로테는 기분이 점점 어두워졌다. 그녀는 남편의 기분이 가장 좋다 하더라도 지금 마음속에 있는 말을 터놓는 게 얼마나 어려운지 생각했다. 갑자기 슬픔이 밀려들었다. 참아보려고, 눈물을 삼키려고 애쓸수록 슬픔이 더욱 깊어졌다.

베르테르의 하인이 나타나자 로테는 어찌할 줄을 몰랐다. 하인은 알베르트에게 쪽지를 전했다.

알베르트가 태연하게 아내를 돌아보았다. "권총을 빌려드려요." 그러고는 하인에게 말했다. "여행 잘 다녀오시라고 전해주게."

로테는 벼락이라도 맞은 기분이었다. 자신이 뭘 하

는지도 모른 채 비틀거리며 일어섰다. 천천히 벽으로 가서 떨리는 손으로 권총을 내렸다. 그 위에 쌓인 먼지를 털고 망설였다. 알베르트가 의아한 시선을 보내며 그녀를 재촉하지만 않았어도 더 오래 망설였으리라. 그녀는 아무 말도 하지 못하고 그 불길한 무기를 하인에게 건넸다.

하인이 돌아가자 로테는 일거리를 챙겨 들고 자기 방으로 돌아갔다. 형언할 수 없는 불안감이 그녀를 사로잡았다. 그녀의 마음은 모든 끔찍한 일을 예언했다. 잠시 동안 남편 앞에 무릎 꿇고 어제 저녁에 일어난 일과 자신의 잘못을 털어놓은 뒤 지금 느낀 예감도 말해야 할까 생각했다. 하지만 대화가 좋지 않은 방향으로 흐를 것 같은 기분이 들었다. 더구나 남편을 베르테르에게 보내서 그를 설득하기란 불가능해 보였다. 저녁 식사가 준비되었고 로테의 친한 친구가 물어볼 게 있다며 찾아왔다. 친구는 곧 돌아가려 했다가 함께 식탁에 앉아 말벗이 되어주었다. 대화가 오가고 서로 떠드는 사이 로테는 불안한 예감을 잊으려고 했다.

하인이 권총과 함께 베르테르에게 돌아왔다. 로테가 권총을 전해주더라는 이야기를 듣자 베르테르는 황홀한 표정으로 권총을 받아 들었다. 그는 하인에게 빵과 와인을 주문한 뒤 그에게도 식사를 하라 이르고 자리에 앉아 편지를 썼다.

당신의 손길이 닿은 권총이군요. 당신이 먼지를 털어냈겠죠. 나는 권총에 셀 수 없이 입을 맞췄습니다. 당신이 만진 거니까요. 하늘에서 내려주신 당신이여, 나의 결심에 용기를 북돋워주는군요. 로테, 당신이 저에게 이 총을 주었습니다. 당신의 손에 죽음을 맞이하고 싶은 저에게요! 아아! 그리고 지금 총을 받았습니다. 하인에게 자세히 물었습니다.

권총을 건네면서 당신은 떨고 있었다지요. 잘 지내라는 인사도 전하지 않고요! 정말 아프고 괴롭습니다! 작별 인사가 없었다니요! 나에 대한 마음을 닫아버린 건가요? 나를 당신과 영원히 묶어버린 그 순간 때문요? 로테, 천 년이 지나도 그 순간의 감정은 지울 수 없습니다! 당신이 나를 미워할 리 없다는 것도 알고 있습니다. 이토록 당신을 향한 뜨거운 마음을 지닌 사람을요.

베르테르는 저녁 식사를 마친 뒤 하인에게 짐을 싸라고 말했다. 서류 더미를 찢어버리고 밖으로 나가 아직 지불하지 못한 잔금들을 모두 지불했다. 다시 집으로 돌아왔다가 밖으로 나갔다. 비가 내렸지만 신경 쓰지 않고 백작의 정원과 그 근처를 돌아다니다 밤이 되어서야 집으로 돌아와 다시 편지를 썼다.

빌헬름, 마지막으로 들판과 숲, 하늘을 보았네. 자네도 잘 지내게! 사랑하는 어머니, 저를 용서하세요! 빌헬름, 어머니를 위로해드리게. 자네들에게 신의 가호가 있기를! 내 물건들은 다 정리했네. 잘 지내게! 우리는 또 만날 걸세. 더 기쁜 얼굴로 말이야.

알베르트, 당신에게 폐를 끼쳤군요. 용서해주시기 바랍니다. 나는 당신 가정의 평화를 깨뜨렸고 당신들 사이에 오해의 싹을 키웠습니다. 잘 지내세요! 나는 모든 것을 끝내려 합니다. 나의 죽음으로 당신들이 행복해지기를! 알베르트! 알베르트! 당신 곁의 천사를 행복하게 해주세요! 신의 가호가 당신과 함께 하기를!

그는 밤에도 서류를 잔뜩 찢어서 난로에 던졌고 남은 몇 뭉치는 포장해서 빌헬름이 받을 주소를 써두었다. 짧은 수필과 단편적인 감상문이었는데 그중 몇 편은 편집자도 읽었다. 10시가 되자 베르테르는 하인더러 불을 더 지피고 와인 한 병을 가져오라고 한 뒤 그만 자러 가라고 일렀다. 하인의 방은 다른 일꾼들과 마찬가지로 집 안 쪽에 있었고 하인은 다음 날 아침 일찍 일을 나가기 위해 옷을 입은 채로 잠자리에 들었다. 그의 주인이 우편물 마차가 6시에 집 앞으로 올 거라 말했기 때문이다.

11시 이후

주변 모든 것이 적막에 휩싸였고 내 마음 또한 편안합니다. 신이시여, 당신께 감사드립니다. 마지막 순간에 이런 따스함과 힘을 주시다니요.

나는 창문가로 다가갑니다, 나의 사랑하는 이여. 밖을 내다보면 폭풍에 밀려 날아가는 구름 사이로 영원한 하늘에 떠 있는 별이 보입니다! 너희는 영원히 떨어지지 않겠지! 영원한 존재가 너희를 가슴에 안고 있으니까. 그리고 나를. 내가 가장 좋아하는 큰곰자리 끝부분에 자리한 별들이 보입니다. 밤이 되어 당신과 이별할 때, 당신 집을 나설 때 그 별자리는 언제나 맞은편 하늘에 걸려 있었습니다.

나는 늘 황홀한 심경으로 별자리를 바라보았습니다. 양손을 뻗어 별을 가리키며 내가 누리는 행복의 상징으로 삼기도 했죠! 지금도… 오오, 로테, 무엇을 보든 당신이 떠오릅니다! 당신이 내 곁을 둘러싸고 있지 않나요? 나는 마치 어린아이처럼 당신이 손댄 모든 신성한 것을 아무리 작은 조각이라도 닥치는 대로 긁어모았으니까요!

당신의 아름다운 실루엣! 로테, 이 그림을 당신에게 유산으로 남기겠습니다. 부디 소중히 간직해주세요. 이 그림에 얼마나 많은 키스를 퍼부었는지요. 외출하거나 집에 돌아왔을 때 이 그림에 대고 얼마나 많은 인사를, 손을 흔들며 건넸는지요.

당신 아버지한테 내 시신을 수습해달라고 부탁하는 편지를 보냈습니다. 공동묘지에 보리수 두 그루가 있습니다. 안쪽 구석진 곳, 밭을 마주한 자리예요. 나는 그 자리에서 영면하고 싶습니다. 당신 아버지가 친구인 저를 위해 해주실 수 있는 일이며, 또 해주실 일이겠지요. 당신도 부탁해주세요. 그런데 신앙심이 깊은 기독교도는 그들의 유해가 불행한 자 옆에 눕는 것을 싫어하겠지요. 저도 억지로 그러고 싶은 마음은 없습니다. 그러니 저를 길가에 묻거나, 아니면 고요한 골짜기에 묻어도 좋습니다. 성직자나 레위 사람들이 성호를 그으며 묘비 앞을 지나가든가, 아니면 사마리아 사람이 눈물을 흘리며 울어주겠지요.

로테! 나는 두렵지 않습니다! 이 차갑고 무서운 술잔을 들이켜면 나는 죽음에 취할 겁니다! 당신이 나에게 준 것이니 두렵지 않습니다. 모든 것! 그렇게 내 삶의 모든 소원과 희망이 이루어졌습니다! 그러니 이토록 냉정하고 굳건한 마음으로 죽음의 철문을 두드립니다.

가능하다면 당신을 위해 죽는 행복을 누리고 싶었습니다! 로테, 당신에게 나를 바치고 싶었습니다! 당신의 삶에 평화와 행복을 다시 찾아줄 수 있다면 나는 용감하게, 기꺼이 죽으려고 마음먹었습니다. 아아, 그러나! 피를 흘리고 죽음으로써 친구들의 삶에 새로운 행복을 불러오는 것은 오직 소수의 긍지 있는 사람만 할 수 있는 일입니다.

로테, 나는 이 옷을 입은 채 묻히고 싶습니다. 당신이 만진 옷이에요. 축복을 받은 옷이죠. 당신 아버지한테도 그렇게 부탁드렸습니다. 나의 영혼은 관 주위를 떠돌겠지요. 아무도 내 옷 주머니를 뒤지지 않도록 해주세요. 이 분홍색 리본은 내가 동생들에 둘러싸인 당신을 처음 보았을 때 당신 가슴에 달려 있던 리본입니다. 아아, 동생들에게 여러 번 키스해주세요. 그리고 이 불행한 친구의 운명을 들려주세요. 사랑스런 아이들! 항상 내 주변에 모여들곤 했죠.

아아, 나는 어쩌면 이렇게 당신 가까이에 있을까요! 처음 봤을 때부터 당신을 떠날 수 없었습니다! 이 리본도 나와 함께 묻어주세요. 내 생일날 당신이 선물로 준 거니까! 얼마나 간절히 원한 물건인지! 내가 여기까지 올 거라곤 그때는 상상도 못 했습니다! 진정하세요! 부탁이니 진정하세요!

총은 장전되었습니다. 12시 종이 울립니다! 때가 됐군요! 로테! 로테, 잘 지내세요. 잘 지내십시오!

이웃 하나가 화약 불꽃을 보고 총소리를 들었다. 하지만 곧 조용해졌기 때문에 더 이상 신경 쓰지 않았다.

아침 6시경 하인이 램프를 들고 방 안에 들어섰다. 그는 주인이 총을 든 채 피투성이가 되어 바닥에 쓰러진 모습을 보았다. 하인은 비명을 지르며 주인을 일으켰다. 대답은 없었다. 그저 색색거리는 소리만 들렸다. 하인은 의사를 부르고 곧바로 알베르트에게 달려갔다. 로테는 초인종 소리를 듣고 온 몸을 떨었다. 남편을 깨우고 두 사람이 방을 나서자 하인은 울먹이며 소식을 전했다. 로테는 정신을 잃고 알베르트 앞으로 쓰러졌다.

의사가 불쌍한 베르테르를 찾아왔을 때 그는 이미

가망이 없는 상태로 바닥에 누워 있었다. 맥박은 뛰고 있었지만 온 몸이 마비되어 움직이지 않았다. 오른쪽 눈 위부터 머리를 관통하도록 총을 쏜 듯 뇌수가 튀어나와 있었다. 의미 없는 일이었지만 팔의 혈관을 찌르자 피가 나왔다. 베르테르는 아직 숨 쉬고 있었다.

의자 팔걸이에도 피가 묻은 것으로 보아 베르테르는 책상 앞에 앉은 채 일을 저질렀고 그 후 바닥으로 굴러떨어져 의자 옆에서 경련을 일으킨 모양이었다. 힘을 다한 채 창문 쪽으로 머리를 두고 똑바로 누운 베르테르는 옷을 잘 차려입고 있었다. 장화에 푸른 연미복 그리고 노란 조끼까지 갖춰입었다.

이웃은 물론 온 동네가 충격에 빠졌다. 알베르트가 도착했다. 베르테르는 침대로 옮겨져 머리에 붕대를 감고 있었다. 얼굴은 이미 죽은 사람 같았고 몸은 꼼짝도 하지 않았다. 폐에서는 아직 거칠고 얕은 숨소리가 났다. 숨소리는 곧 약해졌다가 다시 커졌다. 모두가 끝이 다가왔다고 생각했다.

남겨진 포도주 병을 보니 한 잔만 마신 것 같았다.

책상에는 「에밀리아 갈로티」가 펼쳐져 있었다.

알베르트가 얼마나 아연실색했는지, 로테가 얼마나 애통해했는지는 언급할 수 없다.

늙은 법무관은 소식을 듣자마자 말을 달려 찾아왔다. 그는 뜨거운 눈물을 흘리며 죽어가는 이에게 입을 맞췄다. 곧이어 법무관의 아들들이 걸어서 도착했다. 아이들은 고통에 찬 슬픔을 느끼며 침대 옆에 꿇어앉아 베르테르의 손과 입에 키스했다. 베르테르에게 가장 귀여움을 받은 큰아이는 베르테르가 죽고 사람들이 아이를 떼어낼 때까지 그의 입에서 떨어지지 않았다. 정오경 베르테르는 숨을 거뒀다.

법무관이 머무르며 여러 가지 일을 처리했으므로 마을 사람들의 소란은 곧 가라앉았다. 밤 11시쯤 법무관은 베르테르의 시신을 그가 직접 고른 묏자리까지 옮기기로 했다. 법무관과 아들들이 운구 행렬에 동참했다. 알베르트는 함께 가지 못했다. 로테의 상태가 걱정되었기 때문이다. 일꾼들이 시신을 옮겼다. 성직자는 동행하지 않았다.

요한 볼프강 폰 괴테

1749. 8. 28 ~ 1832. 3. 22

1749년 독일 프랑크푸르트에서 태어났다. 넉넉한 중산층 가정에서 문학과 예술을 가까이하며 자랐다. 1765년 아버지의 권유로 라이프치히대학에 들어가 법률을 공부했지만 흥미를 갖지 못하고 오히려 미술에 관심을 두었다. 1768년 건강이 악화되어 요양 생활을 하는 중에 마을 목사의 딸 프리데리케 브리온과 약혼까지 했으나 일방적으로 파혼하고 회한 속에서 우울한 나날을 보냈다. 이때의 체험이 훗날 초기 시의 주제가 된다. 1771년 변호사가 되어 고등법원의 실습생으로 베츨러에 머물 때 약혼자가 있는 샬로테 부프를 짝사랑했다. 고향으로 돌아온 괴테는 자신과 비슷한 상황에 처해 자살한 청년의 이야기를 듣고, 1774년 「젊은 베르테르의 슬픔」을 쓴다. 이 작품은 선풍적인 인기를 얻어 주인공 베르테르의 옷차림이 유행하고 모방 자살이 일어나기도 했다. 이후 괴테는 바이마르의 공직을 맡아 국정에 참여하기도 하고, 프리드리히 실러와 깊은 우정을 쌓았으며, 색채학이나 광물학 등 다양한 분야를 연구하면서 활발한 집필 활동을 이어갔다. 1806년 마을 꽃집의 딸 크리스티아네 불피우스와 결혼해 아들 아우구스트를 얻었다. 1831년 60년이 걸린 대작 〈파우스트〉를 완성하고 이듬해인 1832년 83세의 나이로 영면했다. 괴테의 방대한 작품은 독일 문학에 지대한 영향을 미쳤으며, 지금까지도 독일 고전주의의 대표 주자이자 문학의 거장으로 칭송받는다.

강민경

독어독문학을 전공한 뒤 회사 생활을 하면서 글밥아카
데미 출판번역 과정을 수료했다. 현재는 바른번역 소
속 번역가로 활동 중이다.

젊은 베르테르의 슬픔

2018년 8월 16일 1판 1쇄 발행

2024년 11월 12일 1판 3쇄 발행

지 은 이 요한 볼프강 폰 괴테

옮 긴 이 강민경

발 행 인 이상영

편 집 장 서상민

편 집 인 이상영

디 자 인 서상민, 오윤하

마 케 팅 박진솔

교정·교열 노경수

펴 낸 곳 디자인이음

등 록 일 2009년 2월 4일:제300-2009-10호

주   소 서울시 종로구 효자동 62

전   화 02-723-2556

메   일 designeum@naver.com

blog.naver.com/designeum

instagram.com/design_eum